조작된 세계

조작된 세계

M. T. 앤더슨 지음 ··· 이계순 옮김

라임

차 례

지금은 생방송 중

반짝반짝 빛나는 별빛 아래, 어느 작은 마을이 한창 밤을 맞이하고 있었다. 거의 11시가 다 된 시각이었다. 사람들은 상자처럼 네모나게 생긴 집에서 잠자리에 들 준비를 했다.

좁은 도로를 따라 자동차 헤드라이트가 줄지어 움직였다. 번화가의 가로등이 텅 빈 주차장을 밝게 비추었다. 가게들은 일찌감치 문을 닫았다. 언덕에는 이미 한참 전에 어둠이 내려앉아 있었다.

십 대 청소년 둘이 '연인의 도로'라 불리는 도로 한켠에 세워 둔 2020년대식 자동차 안에서 이 광경을 물끄러미 바라보았다. 이윽고 둘은 서로의 몸을 어루만지기 시작했다. 여자애는 몸에 딱 붙는 티셔츠를, 남자애는 헐렁한 후드티를 걸치고 있었다.

둘이 함께 자란 마을의 밤 풍경은 그들을 사뭇 감상적으로 만들었다. 변속 기어 위로 서로를 꽉 끌어안은 채 몸을 비벼 댔다. 남자애가 신음하듯이 여자애의 이름을 불렀다.

"아, 브렌다!"

어떤 생물체가 덤불 안에서 이 광경을 낱낱이 지켜보고 있었다. 그때 바람이 휙 불었다. 지구의 이름 모를 나뭇가지가 그 생물체의 통방울 같은 눈을 가렸다. 그 생물체는 집게발로 나뭇가지를 쓱 밀어냈다.

그리고 금속 상자 안에서 서로를 끌어안은 채 몸부림치는 털투성이 먹잇감을 관찰하며, 저 움직임이 대체 무엇을 의미하는지 몹시 궁금히 여겼다. 그 생물체는 거친 숨을 내쉬며 앞으로 슬금슬금 나아갔다. 나뭇가지들이 탁탁 부러졌다. 이윽고 도로를 건너 자동차 옆까지 다가갔다.

십 대 커플 수백 명이 겁에 질린 눈으로 이 광경을 지켜보고 있었다. 그들은 소리를 꽥 지르며 서로에게 몸을 기댔다. 주차장에 설치된 스크린의 영상이 자동차 앞유리에 고스란히 투영되고 있었다.

물론 현실에서 외계인이 처음 침공했을 때, 이런 모습이었던 건 아니다.

외계인 부브의 우주선

우리 마을에는 이제 더 이상 깜깜한 밤이 없다. 외계인 부브의 우주선이 에너지를 정제하기 위해 하늘에 떠다니며 노란색의 탁한 빛을 계속 뿜어내기 때문이었다. 나는 여자 친구 클로이와 학교 체육관 옆의 풀밭에 누워서 그 우주선을 가만히 지켜보았다. 그러다 손을 맞잡았다.

내가 먼저 입을 열었다.

"참 아름다워. 꼭 네 머릿결 같아, 흩날리는 모습이."

"아담, 그렇게 말해 줘서 고마워."

"아, 클로이."

나는 머리를 옆으로 기울여 클로이의 어깨에 살짝 기댔다. 그리고 곧 몸을 돌려 클로이의 뺨에 입을 맞추었다.

'자, 이쯤이면 되겠지?'

나는 얼른 자세를 바로 했다. 우리는 지금 서로를 증오하고 있으니까.

수백 명의 부브들이 이 광경을 지켜보고 있었다. 그것도 분 단위로 책정된 요금을 지불하면서.

부브들은 어느 날 일리노이주 시카고에 있는 리글리필드 야구 경기장의 유리 기둥 앞에 불쑥 착륙했다. 나는 부브들의 그 첫 번째 착륙장을 직접 본 적은 없었다. 대신에 부브들이 지구로 내려와 착륙하는 장면을 텔레비전으로 지켜보았다.

때마침 나는 학교 숙제로 리글리필드 야구 경기장에 세워져 있는 그 유리 기둥을 스케치북에 그리고 있었다. 정확하게 말하면, 싸구려 홀로그램 책갈피에 새겨진 사진을 보고 색연필로 베껴 그렸다. 투명한 유리를 표현하려고 그토록 열심히 노력한 건 그때가 처음이었다.

그 그림을 지금 다시 보면, 홀로그램의 굴절과 반사를 평평한 종이 위로 옮기려다가 생긴 실수가 눈에 꽤 많이 띄었다. 마치 유리 기둥이 휜 것처럼 보였다. 그때만 해도 사물을 원근법으로 표현하는 방법을 몰랐기 때문이다.

부브들이 처음 이곳으로 내려왔을 때, 우리는 사실 깜짝 놀랐다. 그들은 1940년대부터 우리를 지켜보았다고 했다. 어쩌면 우리도 가끔씩 밤하늘에서 그들을 보았을지도……. 그들은 가냘프지도, 세련되지도 않았다. 그렇다고 휴머노이드처럼 생긴 것도 아니었다. 땅딸막하고 넓적하고 단단해 보였다. 꼭 화강암으로 만든 탁자 같았다.

우리는 그저 그들이 지구를 침공하는 방법을 택하지 않아 주어서 기쁠 뿐이었다. 그들은 자신들의 눈부신 기술을 순순히 내주면서 우리를 공동 번영 동맹의 일원으로 초대했다. 우리는 이 뜻밖의 행운을 선뜻 믿을 수가 없었다. 그들은 지구의 노동을 영원히 없애 버릴 수 있을 뿐만 아니라, 온갖 질병까지 다 치료할 수 있다고 장담했다. 전 세계 지도자들은 앞다퉈 그들이 내민 서류에 서명했다.

첫 번째 착륙 후 일 년 정도는 그들의 우주선 하나가 리글리필드 야구 경기장 위를 날마다 맴맴 돌았다. 우리하고 처음으로 인사를 나눈 장소를 기념하기 위해서라나? 이제 그 우주선은 떠나 버렸고, 그 자리에는 호화로운 아파트 단지가 둥둥 떠 있었다.

사람들은 날마다 불평을 해 댔다. 그 아파트 단지가 햇빛을 죄다 막아 버렸기 때문이다. 부브들의 첫 번째 착륙 기념물인 그 유리

기둥에 쏟아질 햇빛까지도.

몇 년 전에 카고 바지를 입은 남자가 유리 기둥 중 하나를 넘어뜨리려다가 경찰에 붙잡혔다. 사람들은 처음에 그 남자가 부브들을 반대하기 위해 시위를 하는 걸로 받아들였다. 그런데 나중에 알고 보니, 그 남자는 그냥 머저리일 뿐이었다.

우리 집 지붕에는 회색 지붕널과 갈색으로 칠한 널빤지가 반씩 얹혀 있었다. 지붕널은 그나마 봐줄 만했다. 하지만 갈색 널빤지는 거의 끔찍한 지경이었다. 페인트가 군데군데 들떠서 뜯겨져 나가는 바람에 너덜너덜했다. 도대체 어떤 작자가 집을 이따위로 지은 건지……. 반은 지붕널로, 반은 널빤지로 말이다. 집을 가만히 보고 있으면 참 심란했다. 햇빛에 변색된 부분도 꽤 눈에 띄었다.

엄마는 걸핏하면 으르렁거렸다.

"너, 화가가 되고 싶다며? 이참에 지붕을 덧칠해 보는 게 어때?"

"물론, 그럴 수도 있죠. 하지만 저는 칠장이가 되고 싶은 게 아니라고요."

"정말로 그렇게 짜증나게 굴래? 살림에 보탬이 되면 얼마나 좋아? 지붕널까지 덧칠할 필요는 없어. 그냥 저 널빤지만 칠하면 된다고."

"저는 지금 풍경화를 그리고 있어요. 우리 집을 배경으로 말이죠. 시리즈로 그릴 거예요. 저는 제 그림들을 건축물의 도면이라고 생각하지 않아요. 오히려 지붕의 표면을 다양하게 변색시킨 빛에 대한 연구라고 생각하죠."

엄마는 화를 참느라 눈을 꼭 감았다.

"아담, 너는 희망을 담으려고 애쓰지 않는구나."

"라일리 선생님은 제 그림들을 좋아하세요. 우리 집의 쓸쓸하고 메마른 느낌이 잘 표현되었다나요?"

"네가 여기저기 늘어놓은 헛소리도 거기에 다 표현된 거니?"

결국 엄마와 나는 그쯤에서 서로에게 손키스를 날리고는 각자의 길을 갔다. 엄마는 나한테 더 심하게 툴툴거릴 수가 없었다. 요즘은 내가 우리 가족의 생활비를 거의 다 벌기 때문이었다.

우리는 아래층을 클로이네 가족에게 세를 주었다. 클로이 오빠는 부브의 에너지 정제 회사에서 파트타임으로 일했다. 클로이 아빠는 우리 엄마처럼 직장을 잃었다.

엄마는 일자리를 구할 때마다 늘 낙관적으로 생각하려 애썼다.

"희망을 잃어선 안 돼. 그게 중요한 거야."

부브들이 지구로 오기 전까지 엄마는 은행원이었다. 그 뒤에는 한 직장에서 한 달 혹은 몇 주 정도씩만 일했다. 식료품점에서는 진열대에 감자칩을 채워 넣는 일을 했다. 가정집을 돌아다니며 청소하는 일을 하기도 했다. 고객들이 계속 줄어들다가 마침내 한 군데도 남아 있지 않을 때까지.

"요즘 취업 시장에서 뭐가 대세인지 아니?"

어느 날 엄마가 나와 내 여동생에게 물었다.

"바로 유연성이야. 요새는 모든 게 유연하거든. 우리도 그렇게 바뀌어야 해."

엄마가 손가락 하나를 구부려 다른 쪽 손바닥에 대고 튕겼다. 마치 물수제비를 뜨는 것처럼.

"사업가들에겐 아주 좋은 기회지."

엄마는 그날 바로 이력서를 만들어 이메일로 여러 군데 보냈다. 그 일은 그렇게 오래 걸리지 않았다. 엄마는 답메일을 기다리며 거실을 빙글빙글 돌았다. 엄마가 어떤 경로로 걸어 다녔는지는 한눈에 알아차릴 수 있었다. 거실 카펫의 짧은 털들이 타원형으로 눌려 있었기 때문이다.

나는 푸드 트럭을 그렸다. 엄마가 가장 먼저 지원하기로 결정한 일자리였다. 엄마는 그 푸드 트럭의 매니저와 이야기를 나눠 보려고 기다리는 중이었다. 엄마가 열쇠 꾸러미를 위아래로 흔들며 땡

그랑거리는 동안, 나는 트럭 앞에 길게 늘어선 손님들을 스케치북에 그렸다.

"여기 취직되면 얼마나 좋을까? 요즘엔 외식 관련 직장을 얻기가 힘들지. 밖에 나와 음식을 사 먹으려는 사람이 거의 없으니까. 그런데 왠지 여기는……, 느낌이 좋아."

엄마가 열쇠 꾸러미로 '헤더의 세숫대야 수프' 푸드 트럭을 가리키며 말을 이었다.

"닭고기 수프쯤은 누구라도 사 먹을 수 있잖아. 이 트럭은 결코 망하지 않을 거야. 이 줄을 좀 봐. 이건 좋은 신호라고. 벌써 저기 끝까지 서 있잖아. 내가 여기 취직될 확률은 60퍼센트 정도인 것 같아. 어쩌면 65퍼센트 정도?"

"시간당 얼마예요?"

내가 물었다.

"그것까진 몰라. 그런데 진짜로 여기서 일자리를 얻을 수 있을 것 같아. 나는 잘해 낼 수 있다고. 석사 학위도 있는걸."

몸에 문신을 새긴 여자애가 푸드 트럭의 창문을 닦고 있었다. 엄마는 그 애를 초조한 눈빛으로 바라보았다.

"파트타임 자리밖에 없어, 대기업에 취직하기 전까지는. 거기는 아직 자리가 다 안 찬 것 같아. 적어도 지금까지는 그래. 내가 이메

일을 또 보냈는데, 자리가 다 찼다는 답장이 오지는 않았거든. 거기 붙을 확률은 30퍼센트 정도 되는 것 같아. 아니야, 벌써 몇 달 전 일이니까 약 25퍼센트 정도."

엄마가 숨을 크게 들이마셨다.

"아니야, 면접을 마치고 나서 그 브랜든이란 사람이 내 손을 꼭 잡고 흔드는 모습을 너도 봤어야 하는데. 30퍼센트는 되고도 남아. 30퍼센트……, 그렇게 나쁜 확률은 아니야. 세 번 중에서 한 번은 될 수 있다는 거니까, 그렇지? 아……, 이 사람들이 빨리 주문을 하고 갔으면 좋겠다."

그때 양복을 빼입은 남자가 뒤를 돌아보며 말했다.

"이보슈, 우리도 기다리고 있는 중이오."

"오, 아니에요, 저는 수프를 사 먹으려는 게 아니에요."

엄마가 씁쓸하게 웃으며 말을 이었다.

"일자리를 구하려고요. 여기서 일해도 되는지 물어보려고 기다리는 중이에요."

그러자 그 남자가 빙긋 웃었다.

"우리도 그 대답을 들으려고 기다리는 거요."

나는 줄 서 있는 사람들을 주의 깊게 살펴보았다. 몇몇 사람들 손에 이력서가 들려 있는 게 보였다.

"이것 보세요!"

푸드 트럭의 그 여자애가 사람들에게 소리쳤다.

"아까 말했죠? 여기서 다 나가라고! 오늘 밤부터 일하기로 한 사람이 있어요! 이미 결정된 일이니까, 나한테 더 이상 묻지 말아요!"

우리는 쭈뼛대며 서로를 쳐다보았다. 길게 늘어선 줄이 흩어지기 시작했다. 수프와 빵이 진짜로 먹고 싶어서 기다린 한 커플만 빼고.

그 양복 남자가 우리와 같이 걸으며 주차장을 가로질렀다.

"참, 믿을 수가 없군요. 전에는 열한 명이 팀을 이뤄서 나를 위해 일했는데."

그러자 엄마가 말했다.

"유연성이 정말 중요해요, 요즘 같은 때는. 얼마 전에 기사를 하나 읽었는데, 혁신을 일으키기에 아주 좋은 시기라더군요. 사업가들에게는 그야말로 절호의 기회인 셈이지요."

"사실 나는 비서도 있었어요. 비서가 해야 할 일을 포스트잇에 적어서 건네주곤 했지요."

양복 남자가 손가락을 하나 내밀며 말을 이었다.

"자, 베키, 이것들을 좀 처리해 주겠어요? 고마워요."

나는 이 남자가 왜 이러는지 알 수가 없었다. 우리에게 강렬한 인상을 심어 주고 싶은 걸까? 베키라는 사람이 정말로 있기는 한 걸까?

엄마가 말했다.

"중요한 건, 긍정적인 자세를 유지하는 거예요."

"그 말이 맞아요."

양복 남자가 음울하게 말을 이었다.

"그런데 이력서를 갖고 왔나요?"

"그럼요, 언제나 갖고 다니지요."

엄마가 가방에서 이력서를 꺼냈다.

"우리 아들은 예술가예요. 이 글씨체도 아들이 골라 준걸요."

양복 남자가 이력서를 쭉 훑어보았다.

"그렇군요, 훌륭해 보이네요. 정말 완벽해요. 쳇, 이놈의 세상! 대체 어떻게 돌아가고 있는 건지."

"얼마 전에 기사를 하나 읽었는데, 번뜩이는 아이디어 하나가 성패를 가른다고 하더군요."

"그래요, 이력서를 아주 일목요연하게 잘 정리했네요."

"우리는 긍정적인 자세를 유지하고 인적 네트워크를 형성해야 해요."

"인적 네트워크라……. 그것참, 핵심을 찌르는 말이군요."

이윽고 우리는 모퉁이를 돌았다. '헤더의 세숫대야 수프' 푸드 트럭이 시야에서 사라졌다. 그 순간, 양복 남자가 엄마를 벽으로 확 밀어붙였다.

"잘 들어, 이 여자야. 저 푸드 트럭에 이력서 넣지 마. 저긴 내가 넣을 거야. 당신네 집주소도 다 외웠어. 다음 주에 저기서 일하다가 내 눈에 띄면, 그 빌어먹을 집으로 달려가서 불을 확 질러 버릴 줄 알아!"

양복 남자가 엄마의 이력서를 공중으로 내던졌다.

"예술가 나부랭이 아들이 꼭 그 안에 있을 때 말이야. 내 말, 알아들었어?"

양복 남자는 유유히 사라졌다. 이력서가 허공을 빙글빙글 돌다가 바닥에 스르르 떨어졌다. 우리는 둘 다 몸을 바들바들 떨었다.

"저놈을 한 대 쳤어야 했는데. 세상에, 이럴 수가! 때릴 생각도 못 하고 있었다니! 엄마, 저놈이 엄마를 협박했다고요!"

엄마가 후드득대는 가슴을 애써 진정시키면서 말했다.

"아이고, 놀래라."

"키도 저랑 비슷했는데."

"너무 놀라고 당황해서 그랬을 거야. 나라도 저 인간을 한 대 쳤어야 했는데……. 푸드 트럭에서 일할 수만 있다면, 나는 절대로 물러서지 않을 거야."

엄마는 저녁 내내 "절대로 물러서지 않을 거야."라고 중얼거렸다. 내 생각엔, 엄마가 그렇게 하겠다고 스스로에게 다짐하는 것 같았다.

"거기에 취직될 확률은 40퍼센트 정도 되는 것 같아. 그리고 나는 절대로 물러서지 않을 거야."

"엄마가 거기 취직되면 근무 시간에 맞춰서 모시러 갈게요. 학교 안 가는 날에는."

"우리 집에 가스총이 있을 거야. 가스가 아직 남아 있던가?"

하지만 그건 전혀 중요하지 않았다. 엄마는 거기에 취직하지 못했다. 엄마는 '헤더'에게서 그 어떤 이야기도 듣지 못했다.

일주일 뒤, 우리는 그 푸드 트럭 옆을 지나갔다. 육십 살은 돼 보이는 할머니가 일하고 있었다. 엄청 무뚝뚝한 얼굴로 콩소메 수프를 커다란 그릇에 퍼 담았다.

나는 이웃들이 꽤 괜찮아 보였던 때를 기억한다. 그들은 집 앞마당을 미니밴이나 생명보험, 혹은 제초제 광고에 나오는 것처럼 멋들어지게 꾸몄다. 하지만 지금의 이웃들은 엉망진창이었다. 쓰레기 더미를 뒤져야만 뭔가를 얻을 수 있어서 그런 게 아니었다. 그들은 너나없이 희망을 잃었다. 하나같이 가족을 어떻게 먹여 살려야 할지, 그 궁리만 하면서 하루를 보냈다.

부브가 온 뒤로 일을 하는 사람은 거의 없었다. 부브는 기술 전수를 약속했다. 그 기술만 익히면 힘들게 일할 필요가 전혀 없다고 했다. 모든 질병을 치료할 수 있다고도 했다. 하지만 그 모든 기술이 누군가의 소유일 뿐 아니라, 유료라는 벽 뒤에 웅크리고 있을 거라고는 아무도 예상하지 못했다.

세계 각국의 지도자들은 로비스트를 끼고 부브를 만났다. 부브는 자신들의 지식과 기술을 기업 대표들에게 기꺼이 팔았다. 그 대신 그들에게서 눈에 보이지도 않는 지구의 전자기장과 양자에 대한 권리를 넘겨받았다.

그다음에 우리가 알게 된 것은, 전 세계 노동자들의 일이 대부분 부브 기술로 대체되었다는 사실이다. 공장 노동자, 즉 육체 노동자의 일부터 대체되기 시작했다. 셔츠나 그네, 장난감, 컨테이너 주택 같은 것들을 부브의 첨단 기술 장치에 그냥 쓱 한번 보여 주기만 하면, 쓰레기를 갖고도 몇 분 안에 똑같은 제품을 뚝딱 만들어 냈다.

더 이상 공장의 조립 라인도, 일할 노동자도 필요 없었다. 우리는 불과 일이 년 사이에 전 세계에서 십억 개가 넘는 일자리가 사라지는 걸 두 눈을 뻔히 뜨고 지켜보았다. 그때만 해도 우리 부모님은 무사할 거라고 생각했다. 사무직 노동자였기 때문이다.

은행원인 엄마의 일은 이미 현금 자동 입출금기가 거의 다 하고 있었다. 부브가 오기 전부터 그랬다. 그래도 그 외의 일에는 듣고 생각하고 결정하고 확인할 수 있는 사람이 필요했다. 하지만 부브가 온 지 육 개월도 안 되어 엄마는 해고되고 말았다.

은행원 대부분이 그랬다. 다른 사업장에서 고객을 응대하거나 서류 작업을 하던 사람들도 해고되었다. 그 모든 일을 이제는 부브 시스템이 아주 간단하게 해치우고 있었다. 전산화된 목소리로 가르랑거리면서.

"제가 도와 드리겠습니다." "죄송하지만, 금액이 초과되어서 인출이 불가능합니다." "하, 하, 정말 재밌군요, 코스텔로 씨. 하루를 마무리할 때마다 그렇게 빈정대어 주시니 참 고맙습니다."라고 쉼 없이 조잘거렸다.

경제는 급속도로 무너졌다. 인간이 사용하는 그 어떤 화폐도 부브의 화폐인 '츠츠'와 맞먹을 수 없었다. 부브의 저임금 노동자가 일주일 동안 번 돈은 인간 노동자가 이 년 동안 번 돈보다 훨씬 더 많았다. 가장 부유한 인간들만이 부브와 경쟁할 수 있었다. 부브

회사와 계약을 체결하고 투자를 했던 인간들만이 그런 자격을 가졌다.

아빠 역시 자신의 직장이 안전하다고 믿었다. 포드 자동차 판매원이었는데, 자신의 일은 한낱 컴퓨터로 대체될 수 없을 만큼 고급하다고 말하곤 했다. 판매라는 건 인간의 손길과 반짝이는 두 눈이 꼭 필요한 일이라서 그런 거라나?

그런데 문제는 새 차를 뽑을 수 있을 만큼 여유 있는 사람이 거의 없다는 사실이었다. 경제가 고꾸라진 상황에서 누가 굳이 큰돈을 들여 차를 업그레이드할까? 그것도 기껏해야 엄마 심부름을 가거나, 드라이브 스루 매장에서 도넛 한 상자를 주문하거나, 약국에서 소화제 한 병을 사기 위해서?

차는 한 대도 팔리지 않았다. 사람들은 완전 구리고 허접한, 인공 지능 시대 이전의 세단 자동차로 꿋꿋이 버텼다. 아빠는 유능한 판매원이었지만, 자동차 매장은 아빠를 놓아주지 않을 수 없었다. 그러니까 아빠는 잘렸다. 아빠는 그 사실을 믿을 수 없어 했지만.

그동안 자기가 그저 자동차나 트럭, 스포츠카를 판 게 아니라고 항변했다. 아메리칸드림, 다시 말해 사람들이 미국에서 이루고자 하는 꿈을 팔았던 거라나?

어쨌거나 사람들은 먹을 게 필요했다. 그래서 많은 사람이 농사를 짓기 시작했다. 폐허가 된 교외에 마구간이나 양계장을 짓고서 잔디를 가꾸는 대신 밭을 갈았다. 하지만 이런 식량은 부브가 더 싸게 길러 냈다. 한마디로, 부브가 먹을 걸 더 싸게 팔았다는 뜻이다.

우리 가족은 돈이 별로 없었다. 그래서 슈퍼마켓에 가면 부브가 만든 시리얼과 부브가 키운 채소, 그리고 부브가 사육한 소고기를 샀다. 이런 것들은 지구 궤도로 쏘아 올린 인공위성 같은 곳에서 생산되었다. 당연히 경제는 무너졌다. 부브 식품을 유통할 수 있는 거대 기업만이 살아남았다.

돈을 버는 유일한 방법은 부브와 직접 만나 일하는 거였다. 부브 회사에서 기술자로 일하면 일주일에 이삼백 달러를 벌 수 있었다. 가령, 부브에게 마사지를 해 주면 한 시간에 오륙백 달러를 벌었다. 부브가 마련한 연회에서 세 시간 동안 차려 자세로 서 있으면 일 년 동안 먹고살 만한 돈을 손에 쥐었다. 사람들은 부브의 에너지 정제 회사와 휴양지에서 일자리를 얻기 위해 칼부림까지도 서슴지 않았다.

내가 그린 우리 집 그림들 중에는 아빠가 현관 계단에 앉아서 머리를 무릎에 대고 있는 것이 있다. 결코 쉬운 자세는 아니었을 것이다. 그런데도 아빠는 그런 자세로 한참을 앉아 있었다.

"생활비를 갖다줄 수가 없어."

아빠가 말했다. 나는 어깨를 으쓱해 보였다.

"다른 사람들도 마찬가지예요."

"여기저기 돌아다녀 봤는데, 일하는 사람이 아무 데도 없더라. 한때는 이란에서 온 심장외과 의사들이 뉴욕에서 택시를 운전했지. 근데 지금은 택시조차 없어."

우리는 거의 일주일 내내 으깬 감자 통조림만 먹었다.

"아빠 잘못이 아니에요."

나는 지붕널을 공들여 그리면서 말했다. 그때 아빠가 고개를 들어 우리 차를 쳐다보았다. 엄마 차랑 아빠 차, 모두 두 대였다. 둘 다 거의 새 차였다. 아빠 차는 당장이라도 샌안토니오로 가족 여행을 떠날 수 있을 만큼 만반의 준비가 되어 있었다.

"할인을 꽤 받아서 샀지. 그래도 돈을 제법 많이 줬어."

"네, 저도 알아요. 아빠, 곧 다른 곳에 취직하실 수 있을 거예요."

"자동차와 관련된 일은 무엇이든 다 빠삭하게 알고 있다고."

여기서 대꾸하면, 아빠 마음이 얼마나 갈기갈기 찢어질지 잘 알고 있었다. 그래서 그냥 고개만 끄덕였다.

"내가 남자도 아니라고 생각하니? 취직도 못 해서?"

"아빠, 그건 말도 안 돼요. 그런 식의 성별 구분은 정말 바보 같은 짓이라고요."

그 뒤로 일 년하고도 반 년이 더 지났지만, 나는 아직 '남자가 되는 것'이 무엇인지 모르겠다. 하지만 겁쟁이가 되는 건 어떤 건지 아주 잘 알고 있다.

아빠가 사라진 뒤, 나는 부모님 방을 목탄화로 그렸다. 그 목탄화에서는 침대가 유난히 크게 보였다. 침대 시트는 아빠가 막 일어났을 때의 자국 그대로 구겨져 있었다. 엄마의 목욕 가운은 바닥에 널브러져 있었고, 아빠의 슬리퍼는 아무렇게나 흩어져 있었다.

침대 양옆에는 협탁이 하나씩 있었다. 아빠 쪽 협탁에는 스파이 소설이 놓여 있었고, 엄마 쪽 협탁에는 비현실적으로 팔다리가 긴 발레리나 조각상이 놓여 있었다.

목탄화 한켠에는 내 여동생 네티의 한쪽 다리가 삐죽 나와 있었다. 네티의 다리를 일부러 그려 넣었다. 그 방이 몹시 공허하게 느껴지기를 바라면서……. 동시에 보이지 않는 누군가가 그곳을 지켜보고 있다는 걸 표현하고 싶었다.

내가 그 그림을 그리고 있을 때, 우리는 아빠 소식을 이틀 동안 듣지 못했다. 나는 네티와 거기에 앉아서 아빠가 두고 간 물건들을 둘러보았다. 그때 엄마는 거실에서 자고 있었다. 아빠는 한밤중에 갑자기, 그것도 아주 요란스럽게 떠났다. 별안간 침대에서 벌떡 일어나더니 옷장 문을 쾅 소리가 나게 여닫았다. 그리고 티셔츠를 벗어 바닥에 내던진 다음, 다른 옷으로 갈아입었다.

"무슨 일이야?"

엄마가 잠에 반쯤 취해서 물었다. 아빠는 얼른 대답했다.

"자선 경매."

그리고 떠났다.

나는 그림을 그리면서, 아빠가 어딘가에 숨어 있다가 쓸쓸함을 견디지 못해 자살했을 거라고 생각했다. 그래서 경찰이 곧 아빠의 버려진 차를 발견하고, 그 근처에서 시신을 찾게 될까 봐 무척 걱정했다.

우리는 하루가 더 지난 뒤에야 어떻게 된 일인지 똑바로 알아차렸다. 아빠는 자살보다 더 나쁜 짓을 했다. 그냥 몰래 내뺀 거였다. 그 와중에도 차를 갖고 나갔다. 당연히, 더 비싼 차로.

그 최신형 차를 팔면 우리 가족의 다섯 달치 식비가 나왔다. 아빠는 자기 혼자 살려고 아내와 자식을 내팽개치고 멀리 달아났다. 그 인간은 다른 주에 가 있었다. 굳이 어디라고 밝히지는 않았다. 어쨌든 단체 메시지를 보내왔는데, 어이없게도 맨 끝에 우리를 사랑한다고 적어 두었다.

아빠는 더 이상 자신이 남자로 느껴지지 않는다고 했다. 그런 헛

소리를 듣고 나서야 확실하게 깨달았다. 아빠는 더 이상 남자가 아니었다. 그건 아빠가 의도한 것과 다른 의미에서 그랬다. 아빠는 유령, 혹은 허깨비였다.

그러니까 이건 진짜 아빠가 한 짓이 아니었다. 아빠는 유령이 되어 몬태나주를 떠돌아다니고 있을지도 몰랐다. 아니, 어쩌면 남부 캘리포니아주의 산속에 갇혀 있을지도. 어쨌든 이런 일을 한 건 우리 아빠가 아니었다. 이건 인간보다 못한 비겁자이자 무뢰한, 또는 도망자가 할 법한 짓이니까.

새 이웃

나는 왼손잡이여서 목탄화를 그리면 너무 번져 보였다. 그래서 전체적으로 그림에 음영을 짙게 넣었다.

우리 집의 주방도 다른 집처럼 사람들이 함께 모여 식사를 하도록 꾸며져 있었다. 식탁 한 개와 의자 여섯 개가 놓여 있어서, 이론상으로는 여섯 명이 식사를 할 수 있었다. 그런데 우리 가족은 그곳에서 식사를 한 적이 한 번도 없었다.

나는 주방을 그리면서 그곳이 얼마나 공허한지 담아내려 애썼다. 실제로 주방의 커다란 식탁 한 개와 의자 여섯 개는 그 공간을 채운다기보다는 더 비어 보이게 했다.

한쪽 벽에는 파스텔로 그린 할머니 초상화가 걸려 있었다. 할머니는 뉴욕에서 거리 예술가로 활동했다. 그런데 파스텔이 번지는 바람에 할머니 턱이 박살난 것처럼 보였다. 디지털 홀로그램 액자도 몇 개 있었다. 그 액자에선 우리 가족 사진이 계속 돌아가며 재생되었다. 이따금 아빠 독사진이 나왔는데, 환하게 미소를 짓고 있거나 어느 항구 도시의 부둣가에서 한껏 폼을 잡고 서 있었다. 아빠 사진이 사라지고 나면, 우리 가족이 텍사스주와 와이오밍주에서 찍은 사진이 차례로 나왔다.

나는 그림을 그리다가 문득 깨달았다. 디지털 홀로그램 액자 가운데 하나가 망가졌는데, 몇 달 동안 그걸 알아차린 사람이 아무도 없었다는 사실을. 그 액자는 텅 비어 있었다. 우리 얼굴을 더 이상 내보내지 않았다. 마치 우리를 포기하고서 두 눈을 질끈 감은 것처럼 느껴졌다. 나는 그 액자의 화면을 회색으로 칠했다. 다른 액자들은 마치 보이지 않는 관중에게 우리 가족을 자랑이라도 하듯 미소 띤 모습을 계속 내보냈다.

클로이네 가족이 우리 집으로 이사 온 날 밤, 엄마는 뜬금없이 나한테 주방의 식탁에다 상을 차리라고 했다. 조촐한 '환영 만찬'을 열 거라나?

나는 직물로 짠 플레이스 매트를 꺼낸 뒤 식탁의 가장자리를 돌며 한 장씩 깔았다. 그러니까 엄마 말을 순순히 들었다. 낮에 클로이 마쉬를 언뜻 봤는데 엄청 예뻤기 때문이다.

나는 나이프와 포크, 숟가락을 한 움큼 집어 들고서 우리가 모두 몇 명인지 세어 보았다. 엄마, 네티, 그리고 나. 그다음엔 클로이네 가족 세 명. 나는 다시 식탁의 가장자리를 돌며 나이프와 포크, 숟가락을 가지런히 내려놓았다.

네티가 군사 기밀 작전을 수행하는 특공 대원처럼 등을 벽에 딱 붙인 채 주방으로 들어왔다. 그러고는 내 쪽으로 슬며시 다가와 속삭였다.

"저 사람들 봤어?"

나는 고개를 끄덕였다.

"응, 아까 짐 옮길 때."

네티가 얼굴을 일그러뜨리며 참담한 표정을 지었다.

"저 집 오빠도? 대체 몇 살인 것 같아?"

"스무 살이나 스물한 살 정도?"

"완전 주먹을 부르는 얼굴이야."

그러다 네티는 내가 뭘 하고 있는지 알아차렸다. 무척 당혹스런 얼굴로 역겹다는 표정을 지으며 내게 물었다.

"왜 여기다 차리는 거야?"

"여기서 먹을 거니까."

“이상하게 굴지 마.”

나는 어깨를 으쓱해 보였다.

“엄마가 그러라고 하셨어.”

“싫어. 여기 분위기는 뭔가 좀 음산해. 꼭 이집트 무덤에서 밥을 먹는 것 같잖아.”

네티는 나를 진지한 눈빛으로 쳐다보았다. 그러더니 엄마에게 다가가서 말했다.

“엄마, 우리 주방에서 밥 안 먹잖아요?”

“그래, 그랬지. 하지만 마쉬 씨네 가족이 새로 이사 왔잖니?”

“그러니까 더더욱 주방에서 식사하면 안 되는 거라고요. 테스트를 해 본 적이 없잖아요.”

그때 마쉬 아저씨네 가족이 위층으로 올라왔다. 엄마는 콩밥을 준비했다. 우리는 저녁에 주로 그것만 먹었다. 쌀에다 완두콩이나 렌틸콩을 왕창 섞어 지은 밥……. 그나마 그게 가장 값이 쌌기 때문이다.

마쉬 아저씨네 가족은 싱크대 앞에 어정쩡하게 서서 콩밥이 담긴 냄비를 빤히 바라보았다. 클로이의 오빠인 헌터 형이 냄비를 너무 뚫어지게 바라보고 있어서 나는 슬금슬금 자리를 피했다.

마쉬 아저씨가 말했다.

"정말 친절하시군요."

"네, 그러네요."

헌터 형이 거들었다. 그러고는 걸신이 들린 것처럼 숟가락으로 냄비에 담긴 콩밥을 게걸스럽게 퍼먹기 시작했다.

"그냥 이렇게 먹으면 되나요? 뭐, 그릇 같은 것도 없이?"

그러자 엄마가 쾌활하게 말했다.

"아니, 우리는 식탁에 앉아서 먹으려고 했어. 너희 가족이 우리 집에 온 걸 환영해 주고 싶었거든."

마쉬 아저씨네 가족은 짐도 거의 없이 이사를 왔다. 그 집 가족도 엄연히 자기 집이 있었다고 했다. 그런데 눈앞에 보이는 건 승합차 한 대가 전부였다.

"어디서 오셨어요?"

엄마가 물었다.

"뉴욕주 북부요. 시러큐스에서 가깝죠."

"어머, 좋은 곳에 사셨네요!"

엄마가 소리쳤다. 그러자 마쉬 아저씨가 대답했다.

"이제 거긴 황무지예요. 제가 바보 천치였죠. 거기서 좀 더 빨리 나왔어야 했는데……. 어떤 인간이 우리 집 근처의 땅을 어느 회사에 죄다 팔아치워서 억만장자가 되었죠. 그 회사는 거기에다 부브 집하장을 만들었어요. 그러니까 우리도 이런 집이 있었어요. 정원이 널따랗고 수영장이 딸려 있는……. 그때 다들 그랬어요. 부브 집하장이 생긴다는 건, 아주 큰 사업이 추진된다는 걸 의미하니까 마을 전체가 호황을 누릴 거라고요. 그때 우리 집은 아무리 못해도 백만 달러는 되었을걸요."

마쉬 아저씨의 입이 콩밥으로 가득 찼다.

"이 년 동안은 그랬을 거예요, 백만 달러 정도. 그다음에는 모든 게 똥통으로 빠졌죠."

"아빠."

클로이가 눈짓으로 주의를 주었다.

"아냐, 진짜 그랬어. 아이쿠, 미안. 꼬맹이가 하나 있었구나."

마쉬 아저씨가 숟가락을 쥔 손으로 네티를 가리켰다.

"하지만 너도 이미 어디선가 얘기를 들었을걸. 그런 집하장 근처에서 어떤 일들이 벌어지는지 말이야. 하늘에 항상 재가 떠다녔지. 그 후로 모든 것이 죽어 가기 시작하더니, 얼마 안 가서 마을 전체가 회색으로 변해 버렸어."

마쉬 아저씨는 입을 쩝쩝거리며 밥을 먹었다.

"그때부터 우리 마을로 이사 오는 사람은 아무도 없었어. 모두들 최대한 빨리 마을을 벗어나려 했지. 우리 집도 지난주에야 겨우 팔렸단다. 당연히, 그 집하장을 운영하는 회사가 샀지. 1달러에, 단돈 1달러에 말이야. 이런, 젠장!"

우리는 모두 한동안 콩밥을 씹기만 했다. 헌터 형은 전화기를 만지작거렸다. 나는 아무것도 씹고 싶지 않았다. 클로이가 저쪽에 앉아 있었기 때문이다. 콩을 질겅질겅 씹다 보면 아무래도 소리가 크게 날 것 같아서.

"이 근처에 부브 에너지 정제 회사가 있는데, 우리도 뭔가를 걱정해야 할까요?"

엄마가 물었다.

"아니에요, 그러실 필요 없어요. 우리 헌터가 그 정제 회사에 취직했거든요. 그래서 이리로 온 거죠. 그런 집하장과는 완전히 달라요, 완전히."

헌터 형은 계속 전화기를 들여다보고 있다가 한마디 툭 던졌다.

"연결도 더럽게 안 되네."

그러자 마쉬 아저씨가 주의를 주었다.

"헌터!"

"그냥 그렇다고요. 우이씨, 짜증나."

이번에는 마쉬 아저씨가 엄마에게 조심스레 물었다.

"음, 저기……, 하시는 일은?"

엄마가 옅게 미소를 지었다.

"저는……, 그냥, 음, 기다리고 있는 중이에요. 취직될 가능성이 있는 회사 몇 군데에서 연락이 오기를……."

엄마는 말을 끝맺지 못했다. 우리는 그냥 먹기만 했다. 주방에 있는 걸 좋아하는 사람은 아무도 없었다. 그러니까 애초에 식사를 같이하겠다는 끔찍한 생각을 하지 말았어야 했다. 그것도 우리 가족이 오대호 지역에서 휴가를 보내거나, 순례자 복장을 하고서 멍청하게 웃고 있는 사진들을 연달아 보여 주는 액자가 있는 곳에선. 이 식사 시간은 계속 조용할 것이다. 왠지 절대로 끝나지 않을 것만 같았다.

클로이가 네티 쪽으로 몸을 돌렸다.

"고등학생이니?"

클로이는 마치 우리가 지금껏 평범한 대화를 나눴던 것처럼 아무렇지도 않게 물었다. 네티가 고개를 저었다. 그 애는 이제 중학교 2학년이었다. 클로이는 네티에게 계속 질문을 했다.

"이 근처 학교는 어때? 너는 주로 뭘 하면서 놀아?"

그렇게 하니까 내 동생이 무척 중요한 사람인 것같이 느껴졌다. 나는 그때 클로이가 얼굴도 무척 예쁘지만 마음씨도 아주 착하다는 걸 문득 깨달았다.

저녁 식사가 끝나자 클로이는 그릇을 식기 세척기에 갖다 넣겠다고 했다. 나는 짐짓 클로이를 돕겠다고 나섰다. 헌터 형은 아무 말 없이 나가 버렸다. 잘 먹었다든지, 먼저 가겠다든지, 뭐 그런 지극히 예의상의 말조차 하지 않은 채 쿵쿵거리며 계단을 내려갔다.

마쉬 아저씨가 헌터 형의 뒤통수에 대고 소리쳤다.

"헌터? 헌터! 고맙다고 인사는 해야지. 이놈의 자식이 정말!"

잠시 침묵이 흘렀다. 헌터 형이 사라지기 전에 마지못해 뭐라고 한마디 툭 던졌다. 그리고 계속 밑으로 내려갔다. 엄마는 입을 떡 벌린 채 멍하니 서 있었다.

클로이가 식탁에서 그릇을 가져왔다. 나는 그것들을 대충 헹군 다음 식기 세척기에 차곡차곡 넣었다.

"미안해, 저기서 식사하게 한 거! 별로 좋은 장소는 아니었어."

내가 속삭였다.

그러자 클로이가 자기 가슴에 손을 얹으며 말했다.

"어머, 세상에! 나만 그렇게 생각한 줄 알았어. 자, 이게 마지막."

클로이가 유리잔 두 개를 싱크대 위에 내려놓았다.

"너만 괜찮다면……, 내가 내일 동네 구경을 시켜 주고 싶은데. 높은 데로 가서……."

그러자 클로이가 살며시 고개를 끄덕였다.

처음으로 클로이를 캔버스에 그릴 때, 나는 르네상스 시대의 거장 스타일로 표현하려고 무척 애를 썼다. 클로이가 우리 집에서 살기 시작한 첫째 주에 그 애를 모델로 스케치를 몇 장 했다. 그리고 세 번째 주에는 그 스케치에 배경을 그리고 색까지 입혔다.

나는 바보가 아니었다. 누군가에게 초상화를 그려 준다는 건, 그 사람과 사랑을 키울 수 있는 기회를 만드는 일이었다. 초상화를 그리다 보면 서로 시시덕거리는 시간이 생기고, 그러다가 진짜로 사귀게 되기 십상이니까.

예전에 라일리 선생님이 성인을 그린 옛 거장의 그림을 몇 점 보여 준 적이 있었다. 나는 그것을 참고해 클로이의 초상화를 그렸다. 그 거장의 그림에 등장하는 성인들은 죽은 것도 산 것도 아닌 사람들로 마법의 정원에 있었다. 성인들은 왕좌에 평화롭게 앉아 있었고, 그 주변에 몰려 있는 천사들은 손으로 어떤 표식을 하고 있었다. 정원의 담장 밖에서는 보통의 일상생활이 펼쳐졌다. 길에는 물웅덩이가 군데군데 괴어 있었고, 그 위로 개들이 첨벙거리며 지나갔다.

나는 클로이가 번쩍이는 황금 드레스를 입고서 꽃으로 둘러싸인 왕좌에 앉아 있는 그림을 그렸다. 클로이가 있는 비밀의 정원 밖으로는 우리 마을이 있었다. 마을에는 집들이 줄지어 있었고, 저 멀리에는 부브의 고층 빌딩이 있었다. 하늘에서 비가 내렸다. 하지만 클로이에게는 햇살이 쏟아졌다. 천사들이 클로이 양옆에서 허리 굽혀 인사를 하며, 달콤한 컵케이크와 따끈한 피자를 공손하게 내밀었다.

클로이는 그 그림을 보고서 완전 흥분했다.

"어쩜, 어쩜! 진짜 끝내준다! 정말 최고야!"

마쉬 아저씨네 가족이 이사 오고 나서 몇 주 뒤부터 우리는 둘이서 외출을 하기 시작했다. 내가 처음 클로이에게 이성적으로 끌렸던 건, 선반에서 물건을 내리다가 팔꿈치가 서로 부딪쳤을 때였다. 순간, 나는 그 애가 내게 관심이 많다는 걸 알아차렸다.

클로이의 초상화에 색을 입힐 때는 더 그랬다. 초상화 속의 그 애 뺨에 붓질을 하는 순간, 마치 애무를 하는 것처럼 묘한 기분에 휩싸였다. 그리고 마침내 우리는 서로의 속마음을 털어놓았다.

완벽한 커플

열세 살이나 열네 살 정도 되었을 때, 나는 가상의 게임 공간에 이러저러한 세계를 만들어 놓고 꾸미는 걸 좋아했다. 언젠가는 가상 현실에서 다양한 세계를 만드는 예술가가 되고 싶었다. 그래서 자유 낙하로 떨어지며 빙글빙글 돌다가 갑자기 땅속의 깊은 구렁으로 쑥 빨려 들어가는, 그런 공간들을 만들고 싶어 했다.

이 크리스털 도시도 내가 설계한 것이다. 이 홀로그램 공간은 세상에 절대 존재할 수 없는 판타지 공간이었다. 나는 이곳을 설계하면서 어떻게 하면 사람들한테 좀 더 멋지게 보이도록 할 것인지 끝없이 고민했다. 숨겨진 문은 어디에 설치할까, 사람들이 어디서 구르도록 할까, 언제쯤 몸을 돌려 뒤돌아보도록 할까, 매복한 사람은 어디쯤 숨겨 둘까?

라일리 선생님은 내가 다니는 고등학교에서 미술을 가르쳤다. 선생님은 종종 옛 거장의 그림들을 내게 보여 주곤 했다. 거기엔 아주 오래된 과수원에서 살해당하는 성인들이나, 폐허에서 금으로 지은 옷을 입고 연회를 벌이는 천사들이 있었다. 선생님은 이게 이래 봬도 왕년에 꽤 잘나가던 판타지 풍경이라고 알려 주었다.

나는 성인들에게는 관심이 없었다. 하지만 언덕에 자리한 성과 암석 위의 마을, 그곳까지 구불구불 이어진 길, 그리고 그늘진 곳의 폐허에는 깊이 매료되었다. 그래서 그것들을 게임 세계에다 똑같이 만들었다.

내가 그것들을 물감으로 그리기 시작한 건 아빠가 떠난 뒤부터였다.

"왜 물감으로 그림을 그려?"

클로이가 물었다. 내가 어떤 성인의 그림을 똑같이 따라 그리고 있을 때였다.

"이제 물감은 한물갔지. 그건 양말이 흘러내리는 걸 막으려고 고무줄 밴드를 끼우는 것과 비슷한 거야."

나는 어깨를 으쓱했다.

"글쎄, 세상에 진짜로 존재하는 뭔가를 만들고 싶었나 봐. 머리에 헬멧 같은 걸 써야만 진짜처럼 보이는 거 말고."

"흠, 그러니까 사랑 같은 거네?"

"우우우우아아아아아!"

나는 일부러 소리를 길게 빼며 대꾸했다. 우리는 서로를 바라보며 활짝 웃었다.

"넌 정말 놀라운 예술가야. 근데 저 그림에서 중요한 걸 하나 빠뜨렸네?"

"무슨 소리야?"

"화살을 갖고 있는 남자가 없어. 저 그림에는 있는데."

"그런 사람은 신경 쓰지 않아. 나는 그냥 뒤쪽 절벽에 있는 저 집이 맘에 들어. 저런 곳에서 살고 싶거든. 저렇듯 은밀하게 숨겨진 집에서 모든 걸 내다보는 거지."

그때 우리는 서로 사랑에 빠져 있다고 생각했다. 클로이가 이렇게 물었다.

"나만의 열쇠를 만들어 줄 수 있어?"

나는 기꺼이 대답했다.

"그럼. 곧 너만의 문과 정원을 갖게 될 거야."

초가을에 접어들어 우리 집을 그릴 때는 나뭇잎의 색깔이 막 변하기 시작했다. 나는 빨간색 중에서도 밝은 계열의 색을 주로 써서 나무를 표현했다. 그 나무들은 내 그림 속에서 생기가 넘쳐흘렀다. 왜냐하면 내가 그날 매우 행복했기 때문이다. 클로이와도 잘 지내고 있었다. 우리는 가족을 위해 돈을 벌 계획을 세웠다.

우리가 두 달 정도 사귀었을 때, 클로이는 데이트하는 장면을 실시간으로 내보내는 어떤 방송 채널에 관한 이야기를 들었다. 사랑에 빠진 커플이 몸에다 센서를 연결한 뒤, 연애를 하면서 느끼게 되는 모든 것을 부브에게 전송하는 거였다.

부브는 싹을 틔워 번식했다. 그래서 짝이 따로 필요하지 않았다. 성별 구분도 없었다. 말하자면 딱히 연애 감정을 키워야 할 이유가 없었다. 그 대신 그들은 부모와 싹 덩어리, 즉 가족 간의 유대 관계가 매우 돈독했다.

인간의 경우엔 석양을 즐기거나 바닷가를 산책하거나 크리스마스 때 촛불을 켜는 데 다 그럴 만한 생물학적 이유가 있었다. 그러니까 이런 것들은 인간의 재생산에 큰 도움을 주었다.

부브의 경우엔 이런 것들이 전혀 필요 없었다. 부브는 홀로 싹 덩어리들을 보호하며, 그것들의 미래를 위해 뭔가를 끊임없이 제공해야 했다. 부브는 자신들 스스로 무척 효율적인 종족이라고 떠들어 댔다.

"부브한테는 아주 새로운 거지. 서로 손잡는 거 말이야. 부브는 사랑에 빠진 사람들을 보려고 돈을 낸다니까. 진짜 재밌을 거야."

클로이가 말했다. 나는 처음에 소름이 좀 끼쳤다.

"포르노 영화 같은 거야?"

클로이는 이 말을 몹시 듣기 거북해했다.

"아니, 이건 사랑의 감정을 다루는 거야. 그것도 2020년대식의 사랑. 부브가 원하는 건 바로 그거야. 그들이 우주선에서 본 게 그거니까, 우리가 어떻게 데이트를 하는지 궁금해하는 거지."

"그러니까 네 말은, 우리 몸에 센서를 연결한다는 거지? 그런 다음에 내가 너를 데리고 가게에 가서 초콜릿을 사 주면서 '아, 클로이.' 하고 속삭이고?"

"응."

"한마디로……, 사랑의 속삭임?"

"그렇지, 바로 그거야. 표현이 참 재미있네."

클로이가 빙긋 웃었다. 그런 다음에 손가락으로 내 코를 톡톡 건드리며 말을 이었다.

"우리, 정말 깜찍한 커플 아니니? 지금 6달러는 벌었을 거야."

물론, 한집에 살고 있는 사람과 2020년대식 데이트를 하는 건

크나큰 실수였다.

어쨌거나 나는 일단 그 방송 채널에 가입했다. 거기에 접속하면 우리가 손을 잡고 들판을 달리는 모습이 나왔다. 만화로 만들어서 그런지, 실제보다 더 사랑스럽게 보였다.

우리는 화면 양 끝에 서로 떨어져 서 있었다. 곧 두 팔을 벌리고 서로에게 뛰어갔다. 마침내 우리가 만났을 때, 우리 몸은 수많은 꽃잎으로 변해 사방으로 흩어졌다. 꽃잎들이 화면에 떠다니다가 서서히 글자를 만들었다.

아담과 클로이

그다음엔 구독자가 원하는 에피소드를 선택할 수 있었다.

"왜 저런 풀밭에 있는 거야? 진드기 같은 거 걱정 안 해도 돼?"

클로이가 내 목에 팔을 두르며 물었다.

"이건 밀밭이야. 밀은 향수를 불러일으키는 작물이지."

"넌 좀 엉뚱해. 이 근처에 밀밭이 있어? 요즘은 밀을 어디서 재배하는데?"

나는 어깨를 으쓱하며 대답했다.

"태양 주위에 떠 있지, 대부분은."

우리는 에피소드를 차곡차곡 채워 나갔다. 나는 클로이를 데리고 파티에 가서 친구들에게 소개시켜 주었다. 또 둘이서 쿠키를 굽기도 하고, 주차장에서 그냥 놀기도 했다. 에피소드마다 소제목을 달았으며, 부브어로 곧장 번역되도록 설정해 놓았다.

바닷가에서의 추억

인간인 아담과 클로이가 지금 해변으로 가고 있다! 그들은 진정한 사랑에 빠져 있다. 서로에게 물을 튀기며 장난을 친다. 생명체 아담에게 바닷물은 너무나 차갑다. 아담이 돼지처럼 꾸웩꾸웩 소리를 지르며 클로이에게 사랑한다고 고백한다! 두 인간의 몸속에서 곧 어마어마한 양의 화학 물질이 요동치면서 긴장이 풀리는 걸 느낀다. 두 인간은 부드러운 흙바닥에서 서로를 껴안는다.

'나는 영원히 널 사랑할 거야.'

아담이 말한다!

우리는 이 데이트 영상을 위해 옷도 특별히 신경 써서 차려입었다. 클로이는 원피스를, 나는 티셔츠에 청바지를 입었다. 내가 우리 집 화장실 앞을 지나갈 때, 클로이는 그 안에서 한쪽 눈을 내려 감은 채 얼굴에다 뭔가를 열심히 찍어 바르고 있었다.

나는 내 방으로 가서 가슴과 머리에 센서를 붙였다. 그 센서들은 우리가 보고 듣고 냄새 맡은 것들을 죄다 그대로 저장했다.

바야흐로 데이트하러 나갈 준비를 마쳤다. 우리는 서로에게 재빨리 속삭였다.

"파이팅!"

그다음에 통역기를 각자의 가슴 쪽에 달았다. 부브 몸에는 지느러미처럼 튀어나와 있는 곳이 있는데, 그 안에 모래 같은 게 들어 있었다. 부브는 그걸 문질러서 말을 했다. 그래서 우리가 말하는 걸 부브어로 통역하면, 사포를 문지르는 것 같은 소리가 났다. 크게 소리칠 때는 찍찍이 테이프를 떼는 소리와 비슷했다.

우리는 오스틴네 집에 가서 홀로그램 공포 영화를 봤다. 어떤 정신 나간 체육 교사가 우수한 선수들의 피부를 모조리 벗겨 낸 다음, 그것을 마치 피 묻은 비키니 조각처럼 자기 몸에 덕지덕지 붙였다. 하도 끔찍해서 우리 모두 비명을 마구 질러 댔다. 클로이와 나는 꼭 붙어앉은 채 서로의 무릎을 손으로 꽉 움켜잡았다.

어느 날 오후에는 네티를 데리고 나가 아이스크림을 먹었다. 클로이와 나는 부브로부터 돈을 받은 터여서 무척 뿌듯하고 기뻤다. 그래서 네티에게 한턱 쏜 거였다.

그날 우리는 도로에 어둠이 내릴 무렵, 중앙 분리대 근처로 갔다. 그리고 헤드라이트가 한쪽만 켜진 자동차가 몇 대나 지나가는지 세면서 시간을 보냈다. 물론 완벽한 데이트는 아니었다. 배기가스를 잔뜩 들이마시며 쿠키앤크림 아이스크림을 먹고 있었으니까. 하지만 부브는 이런 식의 데이트를 매우 좋아했다.

클로이가 말했다.

"거의 다 한쪽에만 불이 들어왔네."

"이런 차들을 보면, 한쪽 눈만 뜨고 있는 수고양이가 떠올라. 다른 쪽 눈은 길거리에서 싸우다가 다친 거지. 그런 고양이가 여기저기 막 돌아다니고 있는 것 같지 않아?"

네티가 이렇게 말하자 클로이가 빙긋 웃었다. 그러고는 상상력이 정말 풍부한 아이라며 칭찬을 해 주었다.

나는 그 둘이 몹시 자랑스러웠다. 둘에게 그 마음을 전하는 순간, 가슴에 매단 상자에서 곧장 부브어로 통역이 되더니 찌직찌직 긁는 소리가 났다. 이번 에피소드의 제목은 〈아이스크림의 추억〉으로 저장했다.

우리는 항상 관객이 있다는 걸 의식했다. 부브 구독자들은 우리 방송을 라이브로 보거나 나중에 녹화된 것을 찾아보았다. 학교 애들 중 몇몇도 우리 방송을 봤다.

어느 날 내가 학교에서 복도를 걸어가는데 어떤 애가 맞은편에서 걸어오고 있었다. 처음 보는 애였다. 그런데 대뜸 내게 손을 내밀더니 5달러를 쥐여 주었다.

슈퍼마켓에 식품을 사러 가거나 해변에서 모래를 발로 툭툭 걷어찰 때도, 우리는 항상 눈에 보이지 않는 구독자들을 의식했다. 그들은 한 무리의 천사처럼 주변을 쉼 없이 맴돌며 우리에게서 눈을 떼지 않았다. 우리는 더 크게 웃고 더 오래 키스했다. 그리고 좀 더 재치 있게 말하려고 애썼다. 어떤 식의 개그를 던져야 구독자들이 깔깔거리며 뒤집어질지 잠시 뜸을 들이며 생각하기도 했다. 신기하게도 우리가 과장을 하면 할수록 모든 게 더 진짜 같았다.

구독자 수가 늘어나자 우리는 한껏 들떴다. 영화에 나오는 낭만적인 장면을 그대로 따라 하기도 했다. 한번은 별을 보려고 지붕 위에 올라갔다. 우리는 별에 대해 손톱만큼도 아는 게 없었지만, 그런 건 뭐 딱히 상관없었다.

"이것 좀 봐! 여기 이렇게 나란히 누워서 손을 꼭 잡고 있잖아. 우린 진짜 완벽한 커플이야!"

그날 나는 뜨끈뜨끈한 지붕널에 살을 죄다 데었다.

내가 클로이 같은 애와 사귀다니! 정말이지 믿을 수가 없었다. 이렇게 사려 깊고 예쁜 애랑 말이다. 처음에는 그렇게만 보였다.

클로이가 수영복을 입고 나왔을 때, 하도 예뻐서 이 세상에 그 애 말고는 아무도 존재하지 않는 것만 같았다.

그때 우리는 내 친구 브래드네 집의 수영장에 앉아 있었다. 불행하게도 그 집 수영장에는 빗물이 가득 차 있는 것도 모자라, 녹조류가 잔뜩 끼어 있는 데다 청개구리가 곳곳에서 폴짝폴짝 뛰어다녔다. 그래서 정작 수영을 할 수는 없었다.

친구들은 시덥잖은 농담을 주고받으며 시시덕거리고 있었다. 나는 친구들의 이야기에 귀를 기울이는 척했지만 실제로는 온전히 집중하지 못했다. 클로이의 보드라운 팔다리를 바라보면서, 내가 원할 때면 언제든 만질 수 있다는 생각에 빠져들어 있었다.

나는 자타 공인 꽤 매력적인 편에 속하지만, 한없이 낭만적인 저녁 풍경과 어울리지 않게 치명적인 단점을 갖고 있었다. 그래, 톡 까놓고 말하자. 메릭병을 앓고 있었다. 그건 깨끗하게 소독되지 않은 수돗물을 먹었을 때 생기는 위장병이었다. 언젠가부터 부브는 긴축 정책을 핑계로 수돗물을 더 이상 정화하지 않았다.

그래서 나는 종종 방귀와 설사에 시달렸다. 그것으로 말미암은 정신적 고통은 이루 말할 수가 없었다. 수많은 사람이 이런 고통을 겪고 있었는데, 나는 특히 더 증세가 심했다.

우리는 수영장 옆에 커다란 수건을 한 장 깔고서 그 위에 나란히 누웠다. 갖가지 부유물로 질퍽한 수영장에는 거머리가 들끓었고, 내 위장에선 꾸르륵꾸르륵 한바탕 소란이 일어났다. 아주 더럽고 역겨운 상황이었다. 하지만 클로이는 매우 완벽한 모습으로 내 옆에 있었다. 바닐라처럼 부드럽고 깨끗하게.

얼마 안 있어, 우리는 부브 구독자들을 제법 많이 확보했다. 그래서 한 달에 수백 달러를 벌었다. 에피소드 한 편을 녹화하고 나면, 클로이 방에서 목소리를 낮춘 채 도란도란 이야기를 나눴다. 우리가 뭘 더 잘할 수 있는지, 또 구독자층을 넓히기 위해선 어떻게 해야 하는지.

나는 속어도 조사했다.

"앞으론 이런 말을 더 해야겠어. '헐, 대박! 끝내주는데?'"

"나한테는 '귀요미'라고 불러도 돼."

"그래? 그게 뭔지 모르겠지만, 아무튼 넌 그거야. 진짜로!"

"그래, 맞아."

"흐흐, 넌 '귀염 뽀짝'이야."

나는 클로이를 위해 가상 현실에다 성을 지어 주었다. 그것 역시 데이트 에피소드 중 하나가 되었다.

사랑의 요새에서 즐기다!

클로이에게 아바타도 그려 주었다. 그런 다음 대형 홀로 안내한 뒤, 클로이를 위해 만든 공간을 보여 주었다. 클로이의 모습을 짜 넣은 직물도 있었고, 클로이가 어린 시절에 키웠던 애완동물을 동상으로 만들어 세워 둔 박물관도 있었다. 이건 내가 클로이에게 사진을 달라고 미리 부탁을 했다. 클로이는 내가 자신을 위해 얼마나 공들여 성을 만들었는지 알고서 깜짝 놀라는 눈치였다.

성의 창문으로 바라다보이는 풍경은 여름이었다. 거기엔 클로이를 위한 호수와 르네상스 풍의 커다란 창문이 달린 석조 도서관이 있었다. 또, 성 안 깊은 곳에는 지하 감옥이 있었다. 거긴 눅눅하고 어두컴컴했는데, 좁은 계단을 따라 한참 내려가다 보면 홀연히 나타났다. 나는 그곳을 '무의식의 구덩이'라고 불렀다.

우리의 아바타는 그 지하 감옥으로 갔다. 거기에는 내가 클로이를 위해 준비한 게임이 있었다. 그건 인터넷에서 찾은 것들로, 클로이와 시간을 보내려고 일부러 넣어 둔 거였다. 배틀 게임이랑 시뮬레이션 게임도 있었고, 상어에게 먹히기 전까지 바다 밑에서 조개와 굴을 좀 더 많이 잡기 위해 생난리를 치는, 아주아주 단순한 것도 있었다.

클로이 아바타가 활짝 웃으며 내 어깨에 머리를 기댔다.

"넌 정말 괴짜야."

그때만 해도 이런 말이 참 듣기 좋았다.

나는 클로이를 위한 공간을 계속 추가했다. 그러면서 클로이가 뭘 좋아하는지 알아내려고 애썼다. 우리는 가상의 성에 자주 방문해서 데이트를 즐겼다.

나는 새로운 공간을 만들 때마다 클로이를 직접 그곳에 데리고 갔다. 고양이 카페나 노래방 시설을 갖춘 예배실 같은 곳 말이다. 그런데 언젠가부터 클로이가 몹시 지루해하면서 가만있지를 못했다. 분명히 그랬다. 말로는 "오, 자기야. 정말 멋져!"라고 했지만, 진심이 전혀 느껴지지 않았다. 마치 어디선가 우리를 지켜보고 있는 부브 구독자들을 잔뜩 의식하고서 입에 발린 소리를 내뱉는 것처럼 들렸다.

언젠가 한번은 이렇게 맥 빠진 에피소드를 끝내고 우리끼리 조용히 회의를 할 때였다. 내가 먼저 말을 꺼냈다.

"있잖아, 넌 이제 성에서 새로운 곳을 보고도 관심을 보이지 않더라. 전부 다 너를 위해서 만든 건데……. 앞으론 그런 것들에 좀 더 적극적으로 관심을 보이면 좋을 것 같아."

"아, 미안. 난 그냥……."

"대체 왜 그러는 거야?"

"음, 네가 만든 환상인지, 상상인지…… 뭐, 그런 것도 좋긴 해.

근데 난 우리가 밖으로 더 자주 나가면 좋겠어. 가짜 성보다는 진짜 친구들을 더 많이 보는 게 나을 듯해서."

"이삼 주 전에 파티에 갔잖아?"

그러자 클로이가 심드렁한 얼굴로 마지못해 인정했다.

"그래, 그랬지. 알았어."

사실 나는 파티에 자주 가고 싶지 않았다. 클로이가 내 친구들에게 딱히 관심이 있어 보이지 않았기 때문이다. 그러면서도 클로이가 자꾸 다른 사람들에게로 눈길을 돌려서 걱정이 되곤 했다. 그렇지만 이 문제를 가지고 클로이와 굳이 이야기를 나누고 싶지는 않았다. 내 생각이 맞을까 봐 겁이 나서였다.

그날 밤 우리는 서로 눈을 마주치지 않았다. 내가 위층으로 올라가기 전에 키스도 하지 않았다. 그 뒤로 클로이가 누군가와 접속해 속삭이는 소리가 통풍관을 통해 들려왔다. 고향 친구거나 학교 친구겠지만.

나는 침대에 앉아서 바닥을 통해 올라오는 웅얼웅얼 소리를 가만히 들었다. 그런데 갑자기 배 속에서 요동을 쳤다. 마치 내 몸의 모든 장기가 한 곳으로 몰리는 듯한 느낌이 들었다. 마치 그곳에 악마가 들어앉아서 스튜를 끓이고 있는 것만 같았다.

뻔한 거짓말

나는 부자들이 사는 구름 단지의 고층 빌딩과 풍향계, 그리고 부브 기술로 만든 반중력의 수직 안전 장치들을 그렸다. 클로이와 함께 그곳을 다녀온 뒤에 말이다. 우리 마을을 위에서 내려다본 건 그때가 처음이었다. 그래서 구름 밑의 우리 마을 풍경도 그렸다. 그 그림에는 에너지 정제 우주선뿐만 아니라, 가톨릭 교회의 첨탑과 황폐해진 교외 주택들도 담았다.

나는 새 학기를 시작하기 전에 클로이가 라일리 선생님을 만나보길 바랐다. 하지만 선생님은 하루의 대부분을 공중에서 보냈다. 고등학교에서 미술을 가르치는 건, 그저 자원봉사에 불과할 뿐이었다. 선생님은 진심을 다해 그 일을 했다. 대가를 한푼도 받지는 못했지만.

선생님은 허공에 떠 있는 고급 아파트 단지 중 한 군데에서 경비원으로 일했다. 하루 종일 서서 그곳에 사는 사람들한테 이렇게 말했다.

"어이쿠, 고맙습니다, 선생님."

"노트레브카 씨, 만나 뵙게 되어 영광입니다."

부브 기술을 이용하면 라일리 선생님의 일쯤은 훨씬 더 효율적으로 처리될 것이다. 그러니까 선생님은 그냥 그 사람들에게 장식용 사치품일 뿐이었다. 선생님은 그 일을 몹시 싫어했지만, 한편으로는 그거라도 할 수 있어서 감사히 여겼다.

라일리 선생님은 우리에게 화물용 엘리베이터를 타고 오면 된다고 했다. 우리는 냉동 감자 그라탱 상자 위에 걸터앉아서 공중으로 올라갔다. 엘리베이터 문이 열리자 선생님이 마중 나와 있었다. 선생님은 클로이에게 허리 숙여 인사한 뒤 정중하게 악수를 청했다. 클로이가 마치 그곳을 방문한 공주라도 되는 것처럼.

클로이는 빙긋 웃었다. 선생님이 참 멋있는 분이라고 생각하는 것 같았다. 우리는 경비실에 앉아서, 커다란 창문 아래로 펼쳐진 우리 마을을 내려다보았다.

"에너지 정제 우주선들이 엄청 작아 보여!"

클로이가 말했다.

“여기선 바다도 보인단다.”

라일리 선생님이 알려 주었다.

그때 그곳에 사는 부자들이 로비로 들어섰다. 우리는 예의를 차리며 입을 다물었다. 그들을 빤히 쳐다보지도 않았다. 라일리 선생님은 그들에게 반갑게 인사했다.

그들이 현관문 안쪽으로 사라지자 선생님이 내게 물었다.

“요즘은 뭘 하고 있니? 좀 보여 줘 봐.”

나는 클로이를 위해 만든 성의 홀로그램을 불러냈다. 곧 그 성이 우리 주위로 넓게 펼쳐졌다.

“정말 대단한데!”

라일리 선생님이 성으로 올라가며 말했다.

“자, 봐. 거대한 탑 위로 솟아오른 작은 탑들의 불규칙성을 말이야. 이건 실제 건축에 대한 흥미를 불러일으키면서도 전형적인 비율의 규칙성을 깨는 거라고. 돌의 표면 좀 봐. 꼭 진짜 같잖아? 잘린 돌의 표면을 꽤 잘 표현해 주는 알고리즘을 찾은 모양이군.”

라일리 선생님이 앞뒤로 살짝 움직였다.

“완벽해. 횃불이 움직이는 모양을 보라고. 정말 완벽해.”

클로이가 나를 보며 미소를 지었다. 나도 클로이를 보며 미소를 지었다. 라일리 선생님도 우리를 보며 미소를 지었다. 그 순간, 나는 라일리 선생님이 우리 할아버지였으면 좋겠다고 생각했다. 아니, 아빠여도 괜찮았다. 라일리 선생님이 폴리에스테르 넥타이에 인 보푸라기만 떼어 낸다면.

나는 성 안에 만든 유원지를 선생님에게 보여 주었다. 때마침 부잣집 아이들 한 무리가 주차장에서 로비로 들어왔다. 그 애들은 하나같이 고급스런 옷을 입고 있었다. 꽉 조이지 않는 진공 슈트 같은…….

요즘엔 이런 옷이 유행이었다. 왜냐하면 언제든 무심하게 우주선을 타고 다른 태양계로 룰루랄라 떠날 수 있는 것처럼 보여야 하기 때문이었다. 그래서 다음 날 정오쯤엔 태양이 두 개인 어느 별의 휴양지에 앉아, 아주 지적인 외계 헤지 펀드 매니저랑 산소가 풍부한 혼합 공기를 짠! 하고 부딪칠 수 있을 것처럼 보여야 하니까.

"얘들아, 안녕!"

라일리 선생님이 그 애들에게 경비원 스타일의 함박웃음을 지어 보였다.

그 무리를 이끌고 오는 남자애는 나보다 두세 살 어려 보였다. 반중력 카트를 끌고 있었는데, 커다란 종이 상자가 잔뜩 실려 있었다. 그 애는 경비실 한쪽 벽에 카트를 세우더니 라일리 선생님에게 이렇게 말했다.

"데이브 씨, 이거요."

그러고는 엄지손가락을 치켜올리며 말을 이었다.

"723호."

나는 움찔했다. 지금까지 라일리 선생님의 이름이 데이브인지도 몰랐다. 선생님이 나를 힐끗 쳐다보았다. 얼굴이 붉어져 있었다. 클로이는 바닥의 배수관을 통해 지구로 떨어지고 싶어 하는 눈치였다.

바로 그때, 그 애들 중 하나가 우리 주변에 떠 있는 홀로그램을 발견했다.

"우아! 이건 정말 츠측츠측!"

그 애들이 몰려와 내 성을 들여다보았다.

"애들은 아담과 클로이란다. 하트포드에 있는 스카이웨이 단지에서 잠깐 놀러 온 거야."

라일리 선생님이 선의의 거짓말을 했다. 마치 우리가 로비에서 부자 이모를 기다리는 부잣집 아이들인 것처럼. 하지만 우리 옷차림은 전혀 그렇게 말하고 있지 않았다.

그 애들은 입을 떡 벌리고서 내 작품을 바라보았다. 클로이가 수줍게 말했다.

"얘가 날 위해 만들어 준 거야."

아주 잠시 동안, 그 성은 클로이에게 무척 중요해진 것 같았다.

"정말 로맨틱하다."

어떤 여자애가 감탄 어린 목소리로 말했다.

"자, 이리 와 봐."

친절하게도 클로이가 그 애들에게 성을 일일이 보여 주기 시작했다. 불과 이삼 일 전만 해도, 그 성의 복도를 걸어 다니는 동안 연신 불평을 해 댔으면서. 어쨌거나 나는 이보다 더 행복할 순 없었다. 마음 한편으로는 슬그머니 두려움이 일기도 했지만.

그 애들은 홀로그램 성벽에 몰려 있었다. 내가 클로이와 그곳으로 가는 동안, 라일리 선생님은 카트가 있는 쪽으로 걸어갔다. 그리고 그걸 끌고 723호로 갔다.

나는 그 애들이 언제 어느 때라도 우리가 하찮은 일반 사람들이라는 걸 알아낼 거라고 확신했다. 그것도 아래쪽의 1970년대식 쓰레기통 같은 집에서 위아래로 살고 있다는 걸. 그렇게 확신하는 이유 중 하나는, 그 애들이 하는 말을 전혀 이해할 수 없었기 때문이다. 그 말들은 전부 사사로운 농담이거나, 부잣집 애들이 사립학교에서 부브어를 조합해 만든 헛소리였다.

"티-티! 쉬텔. 저 침대 좀 봐! 슈텔루우어!"

(정말 멋진 침대야. 인정할 수밖에 없네! 침대 모서리마다 기둥을 세웠잖아!)

"쉬텔? 스트츠."

"이것을 개빠갠 후 너는 완존 침착해야 했을 거양, 클로이한테."

"응, 정말 그랬어."

나는 활짝 웃으며 동의했다. 그러면서 속으로 내가 너무 끔찍한 것에 동의하지 않았기를 바랐다.

"그리고 돌을 얹어야지!"

"그래, 돌을 얹어야지."

그 순간, 그 애들이 물었다.

"근데 어느 학교 다녀?"

나는 부잣집 애들이 다니는 학교 이름을 하나도 몰랐다. 머릿속이 백지장처럼 하얗게 변했다. 나는 빙글빙글 웃으면서 시간을 벌었다. 그런 다음에 차분하게 대답했다.

"세인트 포톤. 음, 코네티컷에 있지."

"뭐? 코코넛?"

"코코넛이 아니라……. 아니다, 그만하자!"

그때 클로이가 내 한쪽 팔을 와락 잡았다. 그 애는 지금 뭔가 한 건 하고 싶어 했다. 클로이가 자랑하듯 말했다.

"우리 아담은 장거리 육상 선수야, 그것도 학교 대표."

"나도 그런데! 세인트 포톤은 I.S.L에 있는 거야?"

나는 혀를 차며 유감이라는 듯 고개를 저었다.

"너는 아마 나를 못 봤을 거야. 아킬레스건을 다쳤거든."

나는 이렇게 설명하며 클로이를 손끝으로 꽉 꼬집었다.

운이 좋게도, 그 애들은 '무의식의 구덩이'에 있는, 그 한심하고 소소한 게임들에 몹시 흥분하고 있었다. 이십여 분 동안 다 같이 내 성을 탐험했다. 그 애들은 내 성을 참 좋아했다.

잠시 뒤 라일리 선생님이 돌아와서 클로이와 내게 정기 왕복선을 타야 할 시각이라고 말했다. 나는 그 성의 홀로그램을 닫았다. 클로이와 나는 새로운 친구들과 씩씩하게 손바닥을 마주 쳤다. 그 애들은 우리에게 조만간 또 보자고 했다. 다시 오면 723호로 연락하라고.

라일리 선생님은 우리를 데리고 주차장으로 갔다. 마치 우리가 호화로운 정기 왕복선을 탈 것처럼. 그런 다음에 재빨리 화물용 엘리베이터 쪽으로 걸음을 옮겼다. 엘리베이터는 막 아래로 내려갈 준비를 하고 있었다.

"아까 그러실 필요는 없었는데."

나는 라일리 선생님에게 나직이 속삭였다. 라일리 선생님이 씩

웃으며 대꾸했다.

"관객들이 네 작품을 보고 어떤 반응을 보이는지, 네가 알고 싶어 하는 줄 알았지!"

"아, 내 인생 최고의 이십 분이었어."

클로이가 눈빛을 반짝이며 말했다.

"그 애들이 저 밑에서 우리랑 마주치게 되면 엄청 경멸하겠지?"

내가 대꾸하자 클로이가 벌컥 화를 냈다.

"왜 그래? 잘 숨겼는데!"

"세인트 포톤이 I.R.L에 있는지 없는지 알아낼 때까지는 그렇겠지!"

"I.S.L."

"그래, 거기."

"이 좋은 기분을 더 이상 망치지 말아 줘."

나는 어깨를 으쓱했다. 라일리 선생님, 그러니까 '데이브 씨'는 왠지 좀 불안해 보였다. 그때 화물용 엘리베이터 운전자가 우리에게 "신사 숙녀 여러분, 어서 탑승해 주시기 바랍니다. 어서 탑승해 주시기 바랍니다."라고 말했다.

우리 둘은 라일리 선생님과 악수를 나눴다. 곧 엘리베이터 문이 닫혔다. 우리는 몸무게가 500톤쯤 되는 것처럼 지구 쪽으로 훅 떨어졌다. 쓰레기통에 나란히 등을 기댄 채 라일리 선생님에게서 순식간에 멀어져 갔다.

나는 창밖을 내다보았다. 십팔 년 내 인생이 처음으로 한눈에 들어왔다. 구불구불 이어진 도로와 에너지 정제 우주선, 폐허가 된 스톱앤샵 건물, 이게 전부였다. 사람들은 이따금씩 위에서 아래를 내려다보면, 우리에게 어떤 지배력이나 권력 같은 게 생길 거라고 생각한다. 하지만 막상 그렇게 해 보니, 우리 인생이 얼마나 하찮은지를 깨달을 뿐이었다.

내가 늦가을의 우리 집 풍경을 그릴 때쯤, 클로이와 나는 더 이상 서로의 얼굴을 참고 쳐다보기가 어려운 지경에 이르렀다. 우리는 너무 자주 만났다. 매일, 그것도 하루 종일……. 심지어 아침마다 부엌에서 꼬박꼬박 마주쳤다, 눈곱도 떼지 않은 채.

나 역시 더 이상 멋지게 포장하기가 어려웠다. 메릭병 때문이었다. 클로이는 분명 화장실 너머로 들리는 그 소리를 듣고 몹시 역겨워했을 것이다. 방귀 소리, 신음 소리, 그리고 그 빌어먹을 똥이 나오는 소리. 클로이가 새로 사귄 친구에게 뭐라고 말했을지 충분히 상상이 되고도 남았다.

한번은 계란 썩은 내가 진동하자 클로이가 이렇게 제안했다.

"옛날에는 나환자들이 종을 들고 다녔대. 자기가 지나간다는 걸 다른 사람들한테 미리 알려 주려는 거지."

나는 메릭병 치료제를 구하려고 무척 애를 썼다. 부브라면 이런 병쯤이야 오 분 안에 낫게 할 수 있을 터였다. 하지만 우리는 보험 혜택을 받을 수가 없었다. 아무리 세상에 약이 많다 해도 내가 그걸 먹어야만 치료를 할 수 있는 거다.

나는 열심히 돈을 모았다. 부브 의사에게 단 한 번이라도 진료를 받아 보고 싶어서. 내 소장이 뜨거운 아스팔트 위의 지렁이처럼 되기 전에 돈이 충분히 모이기를 바랐다.

클로이와 내가 사랑에 빠졌을 땐, 우리의 데이트 장면을 여기저기에다 방송하는 게 아주 멋지고 신나는 일이었다. 마치 연예인이나 모델이 된 것 같았다. 그런데 우리가 더 이상 같이 있기 싫어지자 그 방송은 오히려 고문이 되었다. 보이지 않는 구독자들이 우리를 항상 지켜보고 있다는 걸 알고 있었기에, 이런 난처한 상황이 더 어색하게 느껴졌다.

나는 가만히 서 있으면서도 눈을 너무 자주 깜박이는 건 아닌지, 팔을 바보같이 멍하게 들고 있는 건 아닌지 끊임없이 걱정했다. 우리의 평판을 점검하기 위해 어스레한 안개처럼 부브가 우리 주변을 슬금슬금 맴돌았다. 그들은 우리 눈에서 지루함이나 분노가 보이지는 않는지, 혹은 서로에 대한 욕망이 사라진 건 아닌지 계속 확인했다.

언젠가 한번은 키스를 하는 시늉만 하기도 했다. 우리의 입술이 애매하게 들러붙어 있었다. 마치 금붕어가 입만 쭉 내밀고 있는 것처럼. 그냥 서로 입술만 대고 있을 뿐 조금도 움직이지 않았다. 아니, 오히려 상대방의 숨결을 느끼지 않으려고 안간힘을 썼다.

이제 다 그만두고 싶었다. 하지만 사랑에 빠진 척하며 내보내는 이 방송은 우리 가족의 유일한 수입원이었다. 다른 방도가 없었다. 우리는 매일 센서를 몸에 붙이고 가슴에 통역기를 매단 채 알콩달콩 사이좋게 노는 척했다.

"자기야, 학교에서 너무너무 보고 싶었어. 하늘만큼 땅만큼!"

"오, 클로이! 우리가 떨어져서 보낸 시간은 마치 고문 같았어."

"어머머, 진짜?"

"응, 날개 꺾기 고문."

"자기야……, 그게 대체 무슨 뜻이야?"

"그건 말이지, 등 뒤에서 양쪽 손목을 줄로 묶은 다음 그 줄을 그대로 공중으로 들어 올리는 거야. 그렇게 해서 그 사람 어깨뼈를 부러뜨리는 거지."

"하, 하! 그런 것까지 알고 있는 사람이랑 같이 방송을 하고 있어서 정말 기뻐."

"왜 그런지는 모르겠지만……, 요즘 고문에 대해 많이 생각하게 되더라고. 우리 예쁜이!"

우리는 미소를 머금은 채 이런 대화를 나누었다. 부브 구독자 사십육 명이 우리를 지켜보고 있었다. 우리가 주고받은 말이 가슴에 매단 통역기에서 부브어로 바뀐 다음 크게 흘러나왔다. 우리는 짐짓 속눈썹을 깜빡여 가며 깜찍한 표정으로 이야기했지만, 그 달콤한 속삭임은 찌직찌직 갈라지고 찢어지는 소리에 금세 파묻혔다.

어느 날, 아빠가 그림 엽서를 보냈다. 줄지어 선 복숭아나무 위로 새파란 하늘이 펼쳐져 있었다.

조지아주의 복숭아 농장 슬로건!

"조지아주에선 모든 것이 복스럽다."

가출한 지 일 년 반 만에 보내온 두 번째 연락이었다.

"내 걱정은 하지 마. 잘 있으니까."

엄마가 엽서를 읽었다. 그리고 한마디 덧붙였다.

"그래, 그러시겠지. 나는 손톱을 하도 물어뜯어서 뼈가 보일 지경인데 말이야. '아래층을 임대해 보는 게 어때? 그렇게 하면 돈을 좀 벌 수 있을지도 몰라.'"

엄마가 창문을 위로 쾅 올린 다음 길거리에다 대고 소리를 마구 질렀다. 마치 아빠가 거기에 있는 것처럼.

"이 멍청아, 우린 이미 그렇게 했다고! 젠장, 이게 다야. 그 멍청이가 적은 건, 이게 다라고."

엄마가 엽서를 공중에 집어 던졌다. 엽서는 잠시 허공에서 빙글빙글 돌다가 폭신한 갈색 소파에 사뿐히 내려앉았다. 엄마는 무척 열받아 했다. 엽서가 천천히, 아주 곱게 떨어졌기 때문이다. 엄마는 그걸 와락 집어 들더니 우리 앞에서 갈기갈기 찢었다.

"이제 알겠어. 그 인간이 지금 뭘 하고 있는지. 자기 자신한테 거짓말을 하고 있는 거야. 그러면서 하루하루를 보내는 거지. 계속 이렇게 되뇌는 거야. '나한텐 멋진 계획이 있어. 조만간 큰돈을 벌 거야. 그러면 일부는 집에 보내서 영웅이 돼야지.' 자기는 나쁜 놈이 아니라고 입버릇처럼 되뇌는 거지. '우리 가족은 내가 없어져야 더 잘살 수 있어.' 그 빌어먹을, 올해의 판매왕이 이렇게 말하고 있는 거라고!"

엄마는 그 조지아주의 복숭아 농장이 그려진 종이 조각들을 쓰레기통 쪽으로 휙 집어 던졌다. 종이 조각들이 공중에서 마구 흩

날렸다.

나는 깜짝 놀랐다. 엄마는 그동안 매우 긍정적으로, 그리고 낙관적으로 살아왔기 때문이다. 이번에는 오히려 내가 조금 더 낙관적으로 이해해 보려 애썼다.

“그래도 아빠가 글을 적어서 보냈네요.”

“그래, 엽서에다, 그 염병할 엽서에다.”

“조지아주라니. 아빠는 좀 더 따뜻한 곳으로 가셨나 봐요. 일 년 내내 곡식이 자라고, 난방비도 적게 드는…….”

“너희 아빠는 이상하게 남부 지방 여자들한테 집착하더라고.”

“진짜요?”

네티가 숨을 헉 들이마셨다.

“그러니까 내 말은, 너희 아빠가 그쪽 여자들한테 어떤 환상을 갖고 있다는 거야. 죄다 배꼽티에 핫팬츠를 입고 있는 줄 안다니까. 완전 바보 아냐? 이제 곧 알게 되겠지. 그 여자들도 땀을 흘리면 아이섀도가 흉측하게 번진다는 걸.”

네티가 쓰레기통 쪽으로 걸어가 잘게 찢긴 종이 조각들을 내려다보며 슬프게 말했다.

“아빠가 거의 일 년 만에 우리한테 연락한 건데, 그게 이런 말장난이나 끄적인 엽서라니! 참 어이가 없네.”

"맞아, 인정머리라곤 눈곱만큼도 없지."

엄마가 고개를 절레절레 저었다. 입은 분노로 꽉 잠겨 있었다.

네티가 말했다.

"복수라도 해야 하나?"

그러고는 잠시 동안 뭔가를 기다렸다. 우리는 네티가 뭘 기다리는지 알아차리지 못한 채 의아한 표정을 지었다.

그러자 네티가 심드렁한 목소리로 설명했다.

"복수……, 복스럽다. 내가 방금 말장난한 건데, 하나도 안 웃겨? 우린 복수해야 해."

엄마가 한숨을 길게 내쉬었다.

"에휴, 네티! 뭐라 할 말이 없구나."

엄마는 인터넷으로 일자리를 알아보겠다며 자리에서 일어섰다. 하지만 삼십 분 뒤에 나는 아무것도 하지 않고 멍하니 앉아 있는 엄마를 발견했다. 엄마는 꼼짝도 하지 않은 채 가만히 앉아 있었다. 그저 컴퓨터 화면 뒤의 벽을 멍하니 바라볼 뿐이었다.

엄마가 내게 말했다.

"오늘도 일자리가 없어. 그리고 앞으로도 없을 거야."

컴퓨터 화면에 뉴스가 흐르고 있었다. 센트럴폴즈에서 폭동이 일어났다. 보안 카메라가 백인 한 무리를 보여 주었다. 그들은 식료품점을 마구 뛰어다녔다. 그러다 음료수 냉장고를 창문 밖으로 메다꽂더니, 가게 주인과 그 가족을 야구 방망이로 마구 공격했다. 그러면서 멕시코로 돌아가라, 우리 일자리를 돌려 달라, 고 고래고래 소리를 질렀다. 그들은 스낵 코너의 통로에서 감자칩을 발로 쿵쿵 밟으며 마치 동물 떼처럼 이를 드러내고 으르렁거렸다.

다른 채널에서는 전문가들이 나와 인간이 얼마나 게으른지에 관해 이야기했다. 그러면서 사람들이 밖에 나가 일자리를 구한다면, 지금보다 훨씬 더 행복한 삶을 누릴 수 있을 거라나?

얼마 전에 미국 중서부의 어딘가에서 부브의 농산물 수송선에 테러 공격이 있었다고 한다. 자포자기한 농부들이 우주에서 재배한 상추를 내려놓는 우주선 뒤편에 비료 폭탄을 터뜨려 복수를 했던 것이다. 농부 중 한 명이 경찰에게 끌려가면서 이렇게 말했다.

“내게 남은 거라곤, 저 좆같은 비료밖에 없다.”

아까 그 전문가들은 우리가 부브에게 불평하는 시간을 줄이면 얼마나 좋을지에 대해, 그리고 부브를 본보기 삼아 그들의 기술을 현명하게 사용하면 얼마나 좋을지에 대해 이야기했다. 또한 우리가 폭신한 소파에서 엉덩이를 들고 일어나, 밖으로 나가서 일을 하면 얼마나 좋을지도. 그러면 굶어 죽지 않을 거라나? 일하지도 않고서 음식을 달라는 건 억지를 부리는 거라고 주장했다.

전문가가 말할 때 나는 아래쪽을 슬며시 내려다보았다. 그러고 보니, 나는 실제로 폭신한 소파에 앉아 있었다. 엄마는 한마디도 하지 않고 왔다 갔다만 했다. 그러다 어두운 부엌에 가만히 서서 고개를 푹 숙이고 있었다.

산봉우리의 그 마을은 성벽으로 둘러싸여 있었다. 나는 그 산이 황량하고 을씨년스러워 보이는 게 싫었다. 그래서 산에다 소나무를 잔뜩 그렸다. 여름에 소나무 밑에 있으면 무척 시원할 것이다. 겨울에는 나뭇가지마다 눈이 켜켜이 쌓여 하얗게 빛나겠지. 나는 목욕을 할 수 있는 작은 개울도 그려 넣었다.

마을 안에는 뜰과 광장이 있었다. 이 마을에서는 뭔가를 기를 수 있었다. 우물의 물은 신선할 뿐만 아니라 맛도 아주 좋았다. 무엇보다 깨끗했다. 그 물은 마셔도 지랄 맞은 메릭병 따위엔 걸리지 않을 터였다.

라일리 선생님이 말했다.

"아주 훌륭해. 그런데 나는 다른 그림들이 더 좋아. 너희 집을 그린 그림들 말이야. 부브의 에너지 정제 우주선을 그린 것도 좋고. 지금은 말이야, 세상을 있는 그대로 보여 주는 게 중요해. 너무 빨리 변하고 있거든."

그 순간, 라일리 선생님은 내가 실망했다는 걸 눈치챘다.

"미안하구나, 아담. 그냥 네 마음 가는 대로 그려."

나는 고개를 끄덕였다.

"아, 참! 좋은 소식이 있어. 음, 저기, 있잖니? 내가 너한테 묻지도 않고 네 그림을 어떤 콘테스트에 응모했거든. 부브 측에서 여는 콘테스트인데, 그들은 인간의 예술을 몹시 사랑하지. 그리고 그런 예술이 젊은 세대를 통해 계속 이어지기를 원해. 부브 심사위원들이 전국의 미술 교사들에게 요청을 했어. 학생들의 작품 중에서 몇 편을 골라서 보내 달라고 말이야."

라일리 선생님이 미소를 지었다.

"그래서 네 그림 두세 점을 파일로 만들어서 보냈지. 아담, 내 생각엔 이번 콘테스트에서 네가 우승할 확률이 꽤 높은 것 같아."

"에이, 농담하시는 거죠?"

나는 말은 그렇게 하면서도 속으로는 기분이 붕 떴다.

"농담 아니야. 너도 알잖니? 내가 네 그림들을 무지 좋아하는 거. 네가 첫 번째 단계를 통과하고 나면, 그쪽에서 너한테 그림을 몇 점 더 보내 달라고 할 거야. 아, 잠깐! 여기서 제일 좋은 게 뭔지 아니? 우승을 하면 상금이 있다는 거야. 그리고 네 그림은 복제되어 여러 곳으로 팔리겠지. 다른 행성들에 말이야. 우리가 아직 만나지 못한 외계 종족들한테까지. 물론 그 종족들이 우리처럼 색을 볼 수 있는지 없는지는 모르겠지만. 아담, 네 그림이 복제되어 수억 장씩 팔릴 수도 있다는 얘기야."

"아, 고맙습니다! 정말 고맙습니다!"

"그런데 풍경화는 부브가 받아들이기 힘들어할지도 몰라. 그들은 우리가 정물화만 그린다고 생각하거든. 그릇에 담긴 과일이라든가, 뭐 그런 것들."

"우리는 정물화도 그리잖아요."

"그런데 그것만 그리는 줄 알아. 부브는 뭔가 하나에 꽂히면 거기에 푹 빠지는 경향이 있거든. 예를 들어 부브가 볼 때 인간의 전통적인 음악은 1950년대의 로큰롤인 거지. 그들이 여기 왔을 때 제일 먼저 들은 음악이 로큰롤이었던가 봐. 그래서 부브는 우리가 계속 그 음악만 좋아하는 줄 알아. 왜 그런지는 모르겠지만, 부브의 머리에는 우리가 정물화를 그린다는 생각이 깊게 박혀 있어."

"전 정물화를 그리고 싶지 않아요. 별로거든요. 자두 같은 걸 그리라니. 따분해요."

"정물화라고 쉬운 건 아니야."

"알아요, 1학년 때 그려 봤죠. 운동화요. 다른 애들도 운동화를 그렸는데, 그걸 끝까지 다 그린 애는 한 명도 없었어요."

“나는 그냥 조언을 해 주는 것뿐이야.”

“흠, 선생님은 제가 정물화를 그려야 한다고 생각하시는 거예요? 부브의 마음에 들기 위해서?”

선생님은 확신이 없어 보였다.

“잘 모르겠어. 글쎄……, 어쩌면 그 반대일지도 모르겠다. 그래서 내가 너한테 베팅을 한 것일지도. 다른 애들은 어떻게든 부브의 마음에 들려고 안간힘을 쓰겠지. 만약 네가 부브의 요구대로만 한다면 주목받기 힘들 거야. 그저 그런 다른 애들과 똑같아 보일 테니까.”

선생님이 손으로 내 그림을 휙휙 넘겼다.

“네가 지난 몇 년 동안 그린 이 풍경화들을 봐. 이 그림들은 현실이 어떤지 생생하게 보여 주고 있어. 부브가 여기 내려온 뒤의, 그러니까 지금의 현실 말이야. 지구가 어떻게 변했는지 알려 주고 있다고. 이 그림들이야말로 너를 돋보이게 할 거야. 그냥 너답게 해. 그게 바로 진정한 승리지. 진실을 알리는 거.”

선생님이 나를 보며 미소를 지었다.

“너는 나보다 훌륭한 예술가가 될 거야. 또 누가 알아? 그 콘테스트에서 네가 우승할지……. 부브가 너를 데리고 우주에서 순회 전시를 하게 될 날이 올지도 모르잖아. 죽어라 열심히 그린 다음엔, 우승했을 때의 기분이 어떨지 한번 상상해 봐."

선생님이 칭찬을 하자 기분이 얼떨떨했다.

그날 밤 내내, 내 머릿속에선 선생님이 한 말이 맴돌았다.

"너는 나보다 훌륭한 예술가가 될 거야."

이 말은 내 상상력에 불을 지폈다. 나는 화가로 성공한 내 모습을 상상했다.

맨해튼의 어느 미술관에서 고딕풍의 건축물들이 전시되고 있다. 내 최신 작품들을 전시하는 쇼가 열리고 있는 것이다. 아치형의 구조물과 기둥, 작은 탑들이 공중에 둥둥 떠다닌다.

그 옆에는 머리를 원뿔이나 별 모양으로 손질한 부자 후원자들이 있다. 몸에 꼭 맞게 세련된 옷을 차려입은 여자들이 핸드백에 강아지를, 아니 애완용 새끼 돼지를 넣은 채 돌아다닌다. 나는 홀로그램 셔츠를 입고서 그 주위를 어슬렁거린다. 그리고 외계 식물에 빵가루를 입혀 튀긴 음식을 먹으며 이렇게 말한다.

"테드! 이 작은 동굴은 네가 정말 좋아할 거야. 고개를 숙이고 이리 들어와 봐."

나는 이 작품들을 팔아서 아주 부유해질 것이다. 어쩌면 은색 양가죽 옷을 입은 파트타임 모델에게 반할지도……. 그 모델은 게살 크로켓이 담긴 접시를 들고서 내 뒤를 졸졸 따라다닐지도 모른다.

쇼가 끝난 뒤, 그 모델과 또다시 늦은 저녁을 먹을 수도 있고…….
왜냐하면 나는 아담 코스텔로니까, 그 유명한 아담 코스텔로.

우리는 전부 가슴에 어떤 환상을 품고 있다. 정말 말도 안 되는 성공에 대한 환상을. 라일리 선생님도 그런 적이 있었을 것이다. 내 또래였을 때…….

선생님은 예술 학교에 다녔다. 어쩌면 선생님은 어릴 때 품었던 자신만의 환상을 꽤 오랫동안 마음에 담고 있었을지도 모른다. 그런데 어느 날 갑자기 똥이 되어 버렸을지도.

아무튼 현재 라일리 선생님은 자신의 모든 재능과 에너지를 우리에게 쏟아붓고 있었다. 뭔가 비밀을 꽁꽁 숨기려는 남자애들과 햇빛이라면 질색하는 여자애들을 위해서 말이다. 그러니까 우리에게 어떻게든 표현의 공간을 만들어 주기 위해서 선생님의 인생을 바치고 있는 셈이었다.

그런 이유로 나는 라일리 선생님이 진짜 어른이라고 생각한다. 그냥 나이만 먹은 어른들과는 확연하게 다른…….

계약 위반

클로이와 나는 둥글납작하게 생긴 에너지 배출 시설물 근처의 들판으로 갔다. 나는 그곳의 가을 풍경을 그리려고 애썼다. 그러면서 빛이 공기를 어떻게 변화시키는지를 관찰하는 데 집중했다.

나뭇잎이 붉게 물들어 있었다. 수많은 낙엽들이 풀숲에 떨어져 마구 뒤엉켰다. 아스클레피아스 줄기에서 나온 하얀 유액이 고사리 쪽으로 줄줄 흘렀다.

배가 살살 아팠다. 밖에 나와 있어서 그나마 다행이었다. 냄새가 바람에 흩날리니까. 하지만 이러다 갑자기 설사를 할까 봐 걱정이 되었다.

클로이는 이제 내가 그림 그리는 걸 가만히 지켜보고 싶어 하지 않았다. 몇 달 전까지만 해도 내 그림을 무척 낭만적으로 여겼다. 그런데 지금은 그 시간을 잠시도 못 견뎌 했다. 클로이는 나 같은 찌질이와 더 이상 어울리고 싶지 않은 듯했다.

물론 클로이는 '너 같은 찌질이'라고 대놓고 말하지 않았다. 왜냐하면 우리는 일을 하는 중이었기 때문이다. 뭐, 클로이가 굳이 그렇게까지 말할 필요도 없었다. 그 애의 눈동자와 실룩거리는 윗입술만 봐도 다 알아차릴 수 있었다.

"아담? 너랑 여기 앉아 있으니까 참 좋다. 에너지 배출 시설물 근처, 그것도 이렇게 시원한 곳에서 말이야. 근데 이제 그만 코트니네 집으로 가는 건 어때? 으음, 아담?"

"나는 지금 중요한 예술 콘테스트에 참가하기 위해서 그림을 그리고 있는 중이야. 들판은 여기밖에 없어. 코트니네 집에는 들판이 없다고."

"솔직히 말해서, 지금 그림을 안 그리고 있잖아. 그냥 붓만 들고서 있으면서."

"구름 뒤에서 해가 나오기를 기다려야 해. 해가 나오면 나무에 불이 붙은 것처럼 보일 거야."

나는 슬슬 짜증이 올라오기 시작했다. 소리를 빽 지르고 싶었다. 어디든 멀리 떠나 버리라고, 내가 평화롭게 그림을 그리도록 내버려 두라고.

나는 실눈을 뜨고 하늘을 바라보았다.

"앞으로 이십 분 정도 기다리면 될 거야."

"근데 있잖아, 내 미소가 저 나무들을 빛나게 하지 않아? 구름 뒤에서 해가 나온 것처럼?"

"물론 그렇지, 요 귀염둥이."

"그럼 잘됐네. 얼른 그 그림에 색칠을 해 봐, 자기야."

"라일리 선생님은 내가 사물들 사이의 공간을 그렸으면 하셔. 그게 중요한 거야. 공기를 표현하는 거……."

"아하, 그러셔? 오늘 네가 공기를 얼마나 망치고 있는지 몰라?"

클로이가 떽떽거렸다.

"지금 내 병을 걸고넘어지는 거야? 나도 어쩔 수 없는 걸 어떡하라고?"

클로이는 금방이라도 내게 바락바락 소리를 지를 태세였다. 나는 눈으로 경고했다. 우리에게 의지하고 있는 가족들을 생각하라고. 클로이는 몸을 휙 돌려 저쪽으로 쿵쿵 걸어갔다. 그러더니 하얀색 통나무 위에 걸터앉았다.

나는 목을 길게 빼고 구름을 살폈다. 해가 곧 나올 것 같았다. 클로이는 통나무 위에 앉은 채 나를 짐짓 외면하고 있었다. 들판에 홀로 앉아 있는 클로이를 보니, 내가 왜 저 애를 좋아했는지 기억이 났다.

“내 사랑, 클로이.”

클로이는 내 목소리를 듣고서 내가 자못 진지하다는 걸 알아차렸다. 고개를 돌리고 진심으로 미소를 지었다. 그리고 마른침을 꿀꺽 삼키며 이렇게 말했다.

“우리, 싸우지 말자.”

해를 가린 구름이 미끄러지듯 서서히 움직였다. 나는 붓을 물에 적시며 색칠할 준비를 했다.

우리는 정말 다행스럽게도 웃으며 화해를 했다. 우리를 지켜보는 부브들은 이런 화해를 무척 좋아했다. 이건 우리의 인기 있는 에피소드 중 하나가 되었다.

나는 버디 기의 집을 수채화 기법으로 그렸다. 그 아이의 집은 우리 집에서 이 킬로미터 정도 떨어진 곳에 있었다. 그 집을 그린 내 그림에선 차고 문이 열려 있었는데, 그 애가 전기톱으로 만든 조각품들이 진입로에 잔뜩 널려 있었다.

사실 나는 버디를 잘 몰랐다. 나랑 같은 학년이고 야구를 한다는 것 정도가 아는 것의 전부였다. 내가 버디를 처음으로 의식하게 된 데는 그럴 만한 계기가 있었다.

나는 클로이와 팔짱을 끼고서 길게 늘어선 줄을 지나치고 있었다. 정부의 구호 물품을 기다리는 줄이었다. 우리는 부브의 마트에서 가족들에게 줄 음식을 막 사서 나오는 길이었다. 몸에 센서를 부착하고 있었기 때문에 여느 연인들처럼 과장되게 호들갑을 떨었다. 아무도 모르게 서로를 미워하고 있으면서도…….

"있잖아, 우리 자기가 더 귀엽고 사랑스러워 보일 수 있는 방법이 있는데, 그게 뭔지 알아?"

클로이가 내게 물었다.

"그건 말이지, 내가 우리 자기의 뺨에 구멍을 내서 보조개를 만드는 거지."

그리고 다정하게 웃으며 말을 이었다.

"송곳으로 말이야, 지인~짜 날카로운 걸로."

"내 사랑, 이 음식들이 왜 최고인 줄 알아?"

나는 클로이를 고문하듯 과하게 미소를 지으며 물었다.

"우리가 같이 나눠 먹을 거니까 그렇지."

클로이는 내 머리카락을 쥐어뜯는 것 말고 다른 대답을 찾아내려고 무진장 애를 썼다. 그래서 내가 다시 말했다.

"어쩌면 숟가락 하나로 같이 나눠 먹을지도 몰라."

갑자기 클로이가 내 멱살을 움켜잡았다.

"왜? 여기서 키스하려고?"

나는 입을 얄밉게 삐죽거렸다.

클로이가 나를 데리고 골목으로 들어갔다.

"이쪽으로 와."

"왜 그러는 거야?"

나는 이렇게 묻고 있었지만, 왜 그러는지는 이미 알고 있었다. 부잣집 애들 한 무리가 시끌벅적하게 떠들며 우리 쪽으로 걸어오고 있었기 때문이다. 라일리 선생님이 근무하는, 그 하늘 위 아파트 단지에 사는 애들이었다. 클로이는 나와 함께 있는 걸 그 애들에게 들키고 싶어 하지 않았다. 그것도 지금처럼 싸구려 물건들로 가득 찬 비닐봉지를 손에 들고 있을 때라면 더더욱.

나는 큰 소리로 말했다.

"아, 우리 아기! 나는 확 트인 곳으로 나가고 싶어. 그래야 햇빛을 듬뿍 받아서 우리 자기가 노랗게 염색한 머리카락이 반짝반짝 빛나지."

클로이가 나를 골목 안쪽으로 훅 밀어 넣었다. 그러면서 자못 유혹적으로 들리게 말하려고 애썼다.

"이쪽이 좋아. 그래야 우리끼리만 있을 수 있잖아."

"우리 예쁜이, 차라리 조금 전에 본 그 애들이랑 어울려 노는 건 어때? 멋진 말들을 주고받으면서?"

"골목은 사랑을 속삭이라고 있는 거야."

"우리는 지금 몸에 특별한 걸 붙이고 있잖아. 이걸 붙이고 있는데 어떻게 사람들의 눈을 피할 수 있겠어? 나는 우리의 사랑을 궁금하게 여기는 사람들에게 뭐든 다 널리 알리고 싶어!"

나는 입을 크게 벌렸다, 편도선이 흔들리는 게 보일 정도로. 그 순간, 클로이는 콘크리트 보강용 강철봉을 하나 뽑아서 내 머리를 날려 버리려고 했다. 나는 얼른 큰 소리로 외쳤다.

"사랑해, 클로……."

클로이가 내게 사납게 키스를 했다. 내 입에 혀를 밀어 넣고 맹렬히 움직였다. 배 속이 요동을 쳤다. 우리는 이제 더 이상 서로에게 특별하지 않았다. 그냥 짐승일 뿐이었다. 로맨스 따윈 사라진 지 오래였다. 배 속이 또 한 번 요동쳤다.

나는 욕을 내뱉으며 클로이를 확 밀쳐 냈다. 설사였다. 엉덩이를 꽉 조였지만 도저히 막을 수가 없었다. 다리를 타고 그것이 흐르는 게 느껴졌다. 나는 비틀거리며 벽에다 몸을 기댔다.

클로이도 무슨 일이 생겼는지 금방 눈치챘다. 나는 클로이의 혐오스런 눈빛을 참을 수가 없었다. 우리는 잠시 동안 서로를 노려

보았다. 클로이가 자기 몸에 연결된 센서를 떼어 내기 시작했다. 머리에 붙어 있던 것들도 하나씩 하나씩 떼어 냈다.

"더 이상은 못해 먹겠어!"

클로이가 말했다. 하지만 내게 한 소리는 아니었다. 클로이는 통역기를 집어 들더니 거기에다 대고 소리를 바락바락 질렀다.

"더 이상은 못해 먹겠다고! 다 끝났어!"

통역기가 지직지직 긁는 소리를 내며 부브어로 메시지를 보냈다. 눈에 보이지 않는 한 무리의 관찰자들이 우리 주위를 맴돌며 이 모든 움직임을 지켜보고 있었다.

"클로이! 제발 이러지 마!"

나는 애원했다. 클로이는 지금 우리 두 가족의 수입원을 멀리 내동댕이치고 있었다. 배에서 경련이 일었다. 나는 숨을 헐떡이며 배를 움켜쥐었다. 몸 안에 있는 것들을 모두 밖으로 내보낼 수 있다면 정말로 좋아질 것 같았다. 이 병 자체가 물똥과 함께 깨끗이 사라질지도 몰랐다. 무엇보다 이 축축함에서 벗어날 수 있겠지. 그러는 동안 내 종아리에 들러붙은 것들도 다 마를 테고.

"나, 만나는 사람 있어. 버디 기라고."

"뭐? 버디 기?"

"그동안 버디가 우리 채널을 쭉 지켜보고 있었나 봐. 그러다가 우리한테 문제가 있다는 걸 알아차리고서 나한테 메시지를 보낸 거야."

"오, 그래? 그럼 나도 너한테 메시지를 하나 보내지."

"그게 무슨 뜻이야?"

"버디는 완전 바보 멍청이야. 나는 예술가이고. 나는 행성 간 콘테스트에 작품을 출품할 거야."

"글쎄, 어쩌니? 버디도 예술가인데."

"흥, 걔가?"

"전기톱으로 조각품으로 만들지."

"그게 무슨 예술가야?"

"아니, 그럼 다리 뒤로 물똥이 흘러내려야 예술가인가?"

"당연하지."

"그게 너 자신을 표현하는 거니?"

클로이가 이렇게 소리치는 걸 그 하늘의 아파트에 사는 애들이 전부 들었다. 그 애들은 골목 끝에 서서 우리를 빤히 쳐다보고 있었다. 정확히는, 나를.

"아파서 그런 거잖아."

나는 짐짓 별거 아니라는 듯 그 애들을 흘깃 돌아보며 이렇게 덧붙였다.

"메릭병에 걸렸거든. 부브 치료를 받으려고 돈을 모으고 있어."

나는 다리를 천천히 움직였다. 도마뱀처럼, 그중에서도 코모도 왕도마뱀처럼. 왜냐하면 뜨끈뜨끈한 똥이 바지 안쪽에 가득했기 때문이다. 그게 흘러내려서 양말까지 축축해지는 건 정말 싫었다.

클로이가 저만치로 걸어갔다.

"우리 예쁜이, 집에서 봐!"

나는 슬픔이 가득 밴 목소리로 처절하게 외쳤다. 순전히 내 부브 구독자들을 위해서.

클로이는 지금까지 우리가 함께했던 모든 걸 앞으로는 나 혼자서 하라고 말했다. 다 끝났다. 연인 관계도, 직업도, 가족을 위한 수입원도.

나는 어기적거리며 집으로 갔다. 똥이 조금씩 흘러내리다가 기어이 신발 속 발뒤꿈치까지 적셨다. 이젠 거기까지 축축했다. 샤워를 한 뒤 화장실에 몇 시간 동안 멍하니 앉아 있었다.

그러고 나서 옷을 욕조의 수도꼭지 밑에 두고서 그 위로 물을 틀었다. 세탁기로 빨아야 했지만, 그렇게 하려면 아래층으로 내려가 클로이네 가족이 머물고 있는 방 앞을 지나가야 했다. 나는 그들과 절대로 마주치고 싶지 않았다.

다음 날 나는 버디 기의 집을 찾아갔다. 사실은 그 애를 잘 몰랐다. 그저 얼굴만 아는 정도였다. 물론 질투심에서 거기까지 간 건 아니었다. 버디가 진짜 예술가인지 확인하고 싶었을 뿐이었다.

버디는 전기톱으로 만든 조각품을 외계인 관광객들에게 팔고 있었다. 홍보를 하기 위해서 지붕에다 페인트로 부브어를 잔뜩 써 놓기까지 했다.

그때 버디는 전기톱으로 나무토막을 자르고 있었다. 손목을 놀리는 품이 예사롭지 않았다. 진짜 예술가가 맞았다. 하지만 조금씩 형태가 드러나는 조각품을 보고선 깜짝 놀라지 않을 수 없었다. 세상에, 뚱뚱한 부처가 십자가에 매달려 있는 게 아닌가!

내가 먼저 인사를 건넸다.

"안녕? 지금 뭘 조각하고 있는지 딱 보니 알겠네. 십자가에 못 박힌 부처?"

"응."

버디가 전기톱을 내려놓았다.

"그런데 이건 뭘 나타내는 거야? 사회의 맹목성을 직설적으로 까발리는 건가?"

"아니, 부브를 위한 기념품이야. 부브는 인간의 종교를 무척 좋아해. 우리를 영적이라고 생각하지."

"뭐, 우리는 원초적이니까."

버디가 손끝으로 내 가슴을 가리켰다. 내가 제대로 이해했다는 걸 알려 주려는 듯이.

"그렇지, 원초적……. 부브는 우리가 오래되거나 단순한 것들과 서로 소통한다고 생각해. 그 순간에 깨달았지. 만약 내가, 그러니까 진짜 인간인 내가, 손으로, 그것들을 직접 조각한다면, 부브들이 홀딱 빠지겠구나, 하고 말이야."

"뭐? 손으로? 손으로 조각한다고?"

"그래, 전기톱이 내 손에 들려 있잖아?"

버디가 전기톱을 들어 올리더니 내 얼굴 앞에서 흔들어 댔다.

"그래, 그렇긴 하네."

버디네 집 마당에는 십자가에 못 박힌 부처들이 가득했다. 나는 재빨리 물었다.

"그래서 많이 팔았어?"

컴컴한 차고 안에는 안 팔린 조각상들이 잔뜩 처박혀 있었다. 짧고 통통한 손들이 애원하듯 사방으로 삐져나와 있었다.

버디는 나를 삐딱하게 쳐다보며 대뜸 이렇게 물었다.

"너, 아담 코스텔로지?"

"음, 너랑 같은 예술가 동료라고 할 수 있지."

"바지에 똥 싼 코스텔로?"

"내 생각엔 말이야, 그러니까……."

"방귀쟁이 코스텔로?"

"이렇게 날카로운 최신 기술로 하는 행위 예술은 이해할 수 있는 사람이 별로 없어."

그러자 버디가 전기톱을 가리키며 말했다.

"여기서 찔끔찔끔 싸기만 해 봐. 내가 그 날카로운 최신 기술을 너한테 선보여 줄 테니까."

"음, 요새 네가 클로이 마쉬랑 데이트를 하는 것 같던데? 내가 걔를 좀 알거든. 그 집 가족이 우리 집에 세 들어 살아서 말이야."

나는 경쾌하게 말했다.

"윽, 바람이 네 쪽에서 불어오는데?"

"이봐요, 버디 군. 좀 무례하네."

"그렇게 부르지 마. 버디 군이라니……. 젠장, 여긴 대체 왜 온 거야?"

"같은 예술가니까. 사실 나는 행성 간 예술 콘테스트에 내 작품을 응모했어."

"그러지 마. 너도 알다시피, 이 세상엔 잭슨 폴록(미국 현대 미술의 대표적 거장으로, 액션 페인팅을 창시하였다.) 같은 화가가 쌔고 쌨거든.”

“아하하. 그러는 너는 우리 인류를 팔아먹고 있잖아? 우리의 역사를 팔아먹는 매국노라고.”

“다시 한 번 말하는데, 나는 전기톱을 아~주 잘 다뤄.”

버디가 전기톱을 들어 올리자 모터가 빠르게 회전했다.

“만나서 반가웠어. 내가 급히 할 일이 있어서 말이야. 늦은 오후의 햇살이 마을 건너편에 있는 자작나무에 어떻게 내리쬐는지 포착해야 하거든.”

나는 얼른 자리를 떴다.

곧장 집으로 갔다. 내 방을 빙글빙글 돌며 한참을 서성였다. 그러다 그림을 그리기 시작했다. 버디의 집과 그 바보 같은 부처를 그렸다. 어둡고 우울한 하늘도 그렸다. 버디네 부모님이 창문 위에 스테이플러로 박아 놓은 비닐도…….

나는 버디의 전기톱 조각품들과 지붕에 적힌 외계인을 향한 광고 문구를 그리고 싶었다. 가능한 한 멍청하고 한심하게 보이도록 그리려고 애를 썼다. 손가락에 회색 물감을 묻힌 뒤 캔버스에 대고 선을 좍좍 그었다. 그러고는 손을 닦은 다음 다시 붓을 집어 들었다.

버디를 그릴 때쯤에는 속도가 점차 느려지기 시작했다. 그림 속에서 버디는 나무 조각들을 밟고 선 채 전기톱을 들고 위잉거리며 소나무 토막으로 부처를 만들고 있었다. 나는 버디의 팔꿈치와 손목의 움직임을 세심하게 표현하려고 노력했다. 그 애가 전기톱을 얼마나 잘 다루는지……. 그런데 사람을 그리는 건 정말 힘든 일이었다.

나는 그림 속의 버디를 가만히 들여다보았다. 그러다 문득 버디의 전기톱 예술에 뭔가 슬픔이 배어 있다는 걸 깨달았다. 사실 우리 모두는 부브에게 주목받기 위해서 발버둥치고 있었다. 부브가 원하는 사람이 되기 위해서 무진장 애를 썼다.

우리는 지금의 이 세상에서 살아남을 수 있는 방법들을 찾아야 했다. 그러기 위해선 어떻게든 부브가 원하는 사람이 되어야 했다. 부브의 생각을 읽고 해석하려고 눈물나게 노력해야 한다는 뜻이다.

다 그리고 나서 보니, 버디는 죽은 나무를 깎아서 생명과 믿음을 표현하려 애쓰는 인간처럼 보였다. 그건 그 나름대로 숭고한 일이었다.

부브 거주 지역은 하늘에 둥둥 떠 있었다. 거기엔 고층 빌딩과 벽 지지대, 그리고 초록색 금속 전구들이 있었다. 예전엔 우리 동네도 제법 부유한 곳이었다. 그런데 지금은 집들 위로 그을음이 짙게 내려앉아 있었다. 나무들은 생기가 전혀 없었다. 심지어 여름에도 그랬다. 겨울에는 잿빛 눈이 내렸다. 부브 거주 지역에서 시커먼 연기를 계속 뿜어내기 때문이었다.

나는 클로이와 함께 부브 거주 지역에 가서 우리의 사랑에 관한 문제점을 보고해야 했다. 로비에 도착한 뒤 우리가 누구인지 알리자 물건처럼 생긴 것이 나와서 사무실로 안내했다.

부브가 긁는 소리를 내며 인사를 건넸다. 귀에 꽂은 무선 이어폰에서 그것이 우리말로 통역되었다. 그 부브는 거대한 통역기를 몸에 메고 있지 않았다. 부브들은 자신들과 사업하기를 원할 때, 부브어로 말할 것인지 아닌지는 전적으로 우리가 결정할 일이라고 했다. 자신들이 모든 외계 종족의 언어를 다 배울 수는 없다나? 하긴, 은하계에는 수없이 많은 종족이 있으니까.

"뭐가 문제인 거죠? 저희는 여전히 사랑에 빠져 있다고요."

내가 말했다. 클로이는 과장해서 한숨을 내쉬었다. 순간, 밉다는 생각이 들었다. 하지만 이 관계를 지키지 못하면 우리 가족은 머지않아 굶어 죽을 터였다.

"너희의 사랑은 식었어. 고객들은 다 알 수 있다고."

부브가 말했다. 나는 클로이의 손을 움켜잡았다.

"저희는 여전히 사랑에 빠져 있어요. 서로에게 완전히 뾰~옹 가 있죠!"

클로이가 주먹으로 내 손가락을 탁 내리쳤다. 나는 아픔을 잊으려고 손가락을 탈탈 털며 또다시 해명을 늘어놓았다.

"연인 사이에 흔히 있는 사소한 다툼이에요."

"너희 눈동자가 예전처럼 확장되지가 않아."

부브가 날카롭게 지적했다.

"제발 저희 채널을 차단하지 마세요. 헤어지는 것도 사랑의 일부라고요. 부브도 이걸 알아야 해요!"

나는 간청하듯이 말했다.

"우리 계약서에는 그런 내용이 없어."

"인간들은 꽃길만 걷지 않아요. 저희가 극적인 반전을 보여 줄게요!"

"인간의 사랑은 영원한 거야. 세상이 끝나는 날까지 지속되는 거라고."

그때 갑자기 클로이가 끼어들었다.

"제가 다른 걸 해 볼게요. 버디 기랑 같이요."

헐, 이런 배신자!

그러자 부브가 차가운 목소리로 대답했다.

"다시 한 번 말해 주지. 인간의 사랑은 세상이 끝나는 날까지 지속되어야 해. 그러지 않는다면 그건 사랑이 아니야."

"맞아요, 그런데 아담하고 저는 진정한 사랑이 아니었어요. 만약 그런 사랑이 보고 싶……."

부브가 클로이의 말을 딱 잘랐다.

"하지만 너희는 사랑을 약속했잖아. 너희가 팔았던 상품은 사랑이었다고. 그런데 막상 사서 보니, 가짜 사랑이었던 거지. 너희는 우리를 속인 거야. 이제 너희 둘은 서로를 마주 봐도 심장 박동 수가 더 이상 올라가지 않아."

"글쎄요……, 저 자식을 한 대 치고 싶을 땐 그렇게 되기도 하던데요."

클로이가 뾰로통한 표정으로 말했다.

"우리 고객들은 심장 박동 수가 분당 100회 이상으로 뛰는 걸 요구해. 그리고 너!"

여기서 '너'는 나를 의미했다.

"네 몸에서 분비물이 많이 나오던데? 그런데 그건 흥분이나 자극 때문에 생긴 게 아닌 것 같아. 그 분비물은 네 파트너에게도 매력이 없어 보이는 것 같고. 결론적으로 말해서, 너희 둘은 사기죄를 저질렀어."

나는 심장이 쿵 내려앉았다. 부브가 말을 이었다.

"너희에게는 아직 선택권이 있어. 하나는 너희 사랑이 영원하단 걸 증명하면 돼. 다른 하나는 그 사랑이 가짜였다는 걸 인정하는 거지. 그리고 이 사기성 사업으로 일 년 동안 번 돈을 전부 돌려주면 돼. 이도 저도 안 하면, 변호사들을 통해 너희를 사기죄로 고소할 거야."

클로이와 나는 공포에 질려 서로를 쳐다보았다. 우리는 이제 서로 사랑하는 척할 수가 없었다. 그렇다고 그 돈을 돌려줄 수도 없었다. 아무리 그렇게 하고 싶어도 말이다. 부브가 소송을 하면 우리는 단박에 파산할 것이다. 소송비만 해도 인간이 십이 년 동안 버는 돈보다 더 많이 들어갈 테니까.

"내가 '인간 스타일'로 쓴 낭만적인 시를 들으면, 사랑이 뭔지 이해하는 데 도움이 될지도 모르겠군."

부브가 시를 읊었다.

오, 내 사랑! 눈부시게 아름다운 봄이 왔어요.
나는 당신에게서 진정한 아름다움을 발견하지요.
당신의 팔은 아주 가늘고, 당신의 몸은 통통하네요.
오, 당신의 긴 머리털은 늘어진 실타래 같아요.

젖은 얼굴은 빛을 받아서 반짝반짝…….

나는 속이 뒤집혔다. 피가 얼굴로 확 쏠렸다. 귀에서 이어폰을 확 뽑아 버렸다. 더 이상 저런 시를 듣고 있을 수가 없었다. 통역기가 없으면, 부브의 시는 그저 뭔가를 긁는 소리에 불과했다. 소리의 고저와 장단만 조금씩 다를 뿐이었다. 그건 마치 누군가가 올록볼록한 코듀로이 천을 힘껏 짓밟을 때 나는 소리와 비슷했다.

우리는 저 바보 천치 같은 녀석 때문에 굶어 죽을 것이다. 우리 가족은 곧 집을 뺏기겠지. 부브는 우리가 돈을 돌려줄 수 있는지 없는지는 전혀 중요하게 여기지 않았다.

나는 인사도 하지 않은 채 사무실에서 빠져나왔다. 몸이 안 좋았다. 등 뒤에서 클로이가 애원하는 소리가 들렸다.

"제발요, 제발. 우리 버디는……."

클로이와 내가 계약을 해지당하고 난 뒤, 우리 가족은 일주일 동안 오트밀만 먹었다. 돈을 아껴 써야 했다. 엄마가 말했다.

"차를 팔면 돼."

그러자 네티가 끼어들었다.

"엄마가 취직하면 그 차가 필요하실 거예요."

“글쎄, 상황이 계속 이렇게 더 안 좋아지면, 차를 타고 나갈 일이 아예 없을지도 몰라.”

우리는 가까스로 버티며 그럭저럭 살아갔다. 그런데 어느 날 어처구니없게도 클로이가 내게 화를 버럭 냈다. 마치 이 일을 망친 장본인이 나인 것처럼. 그러고는 버디 기, 그 예술가 나부랭이랑 내내 어울려 다녔다.

헌터 형은 에너지 정제 회사에서 파트타임으로 일하면서 꾸준하게 돈을 벌었다. 하지만 집세를 낼 돈은 한 푼도 없다고 했다. 그래 놓고선 육포처럼 맛있는 별미를 우리 눈앞에서 와작와작 씹어 먹었다. 우리가 날마다 오트밀로 끼니를 때우고 있는 걸 뻔히 보면서도…….

엄마랑 마쉬 아저씨는 그것 때문에 소리를 바락바락 지르며 한바탕 싸웠다. 두 사람은 하루 종일 집에 있었기 때문에 그렇게 소리치는 것 말고는 딱히 할 일이 없기도 했다.

헌터 형은 정말이지 나를 미치게 했다. 그 형은 요즘 부브어를 배우고 있었다. 부브어를 연습하는 소리가 위층에 있는 내 방까지 고스란히 전해졌다. 연방 가래 끓는 소리를 내면서 녹음된 부브어를 부지런히 듣고 따라 했다.

“크르크르륵트브치이크. 덴버행 우주선은 언제 출발하나요? 크르크르륵트브치이크…… 에프프르크크흐흐. 당신은 기름져 보이는군요. 싹을 많이 틔울 수 있겠네요. 여기서 '에프프르크크흐흐'는 전통적인 부브어 인사말입니다."

헌터 형은 부브들을 숭배했다. 걸핏하면 그들에 대해 떠들어 댔다. 그들처럼 하늘에 떠 있는 멋진 아파트에서 살고 싶다나? 하루는 회로 차단기를 올리려고 아래층으로 내려갔다가 헌터 형이 부브처럼 등을 아래쪽으로 한 채 네 발로 걷는 걸 보았다.

누군가의 너무 지나친 친절

'스톱앤샵'의 커다란 유리창은 몇 년 전부터 깨져 있었다. 사람들이 하도 배가 고파서 폭동을 일으켰는데, 그때 그 상점으로 쳐들어가 약탈을 했기 때문이다. 선반은 대부분 낙서로 뒤덮여 있었다. 여기만 그런 게 아니었다. 번화가의 다른 상점들도 비어 있기는 마찬가지였다.

나는 아침 일찍 일어나 밖으로 나가서 그곳을 그렸다. 주차장에는 살얼음이 얇게 얼어 있었고, 하늘에는 부브의 에너지 정제선이 빨간빛을 내뿜고 있었다. 나는 깨진 유리 조각을 스치는 어슴푸레한 빛을 표현하려고 애썼다.

학교에서 라일리 선생님과 우연히 마주쳤을 때, 그 그림에 대한 이야기를 들려주었다. 선생님은 수업이 끝난 뒤 포트폴리오를 미술실로 가지고 오라고 했다.

나는 그때까지 기다리기가 힘들었다. 그날따라 수업이 영영 끝나지 않을 것만 같았다. 특히 마지막의 두 시간짜리 수업은 부브 기술로 진행되었는데, 공중에다 화면을 띄운 다음 홍보 영상을 보여 주는 게 전부였다. 그렇다고 딴짓을 하다가 걸리면 호되게 야단을 맞았다.

내가 미술실에 갔을 때, 라일리 선생님은 무척 예민해 보였다. 전에 없이 나를 바라보며 횡설수설했다. 처음에는 왜 그러는지 도무지 이해할 수가 없었다. 하지만 잠시 후 그 이유를 알아차렸다. 탁자 쪽으로 걸어가자 선생님 무릎께에 부브가 서 있었다.

"이분은 셜리라고 해. 인간의 예술을 몹시 사랑하시지."

라일리 선생님이 부브를 소개해 주었다.

나는 셜리를 가만히 바라보았다. 머릿속으로 뭐든 할 말을 찾으려고 애썼다. 어떻게든 내 매력을 보여 주는 게 중요하다는 생각이 들었다.

"당신은 꽤 기름져 보이는군요. 싹을 많이 틔울 수 있겠네요."

그러자 셜리가 우쭐해하며 말했다.

"이미 여섯 개나 있는걸!"

셜리의 땅딸막한 몸에 주걱처럼 생긴 게 여러 개 달려 있었다. 그것들에게서 어린애 특유의 냄새가 났다. 셜리는 그것들을 딸그락딸그락 흔들었다.

셜리가 말을 이었다.

"네 작품이 더 보고 있었어. 네가 물감으로 그린다는 사실에 무척 감동을 받았지."

나는 미소를 지으려고 노력했다. 셜리가 미소를 인식할 수 있는지는 잘 모르겠지만. 얼굴 표정을 보고 그것이 무엇을 의미하는지 알아차리는 부브도 있기는 했다. 물론 다 그렇지는 않았다.

"나는 인류를 사랑해. 너희 인간들은 우리보다 훨씬 더 영적이야. 안타깝게도 우리는 지나치게 상업화되면서 그런 걸 다 잃어버렸지."

셜리가 짧은 팔다리를 이리저리 움직였다. 분명 어떤 의미가 담긴 움직임일 텐데……. 알 수가 없었다.

"아담 코스텔로, 우리가 이 콘테스트에 열광하는 이유도 바로 그것 때문이야. 우리는 인간 젊은이들의 멋진 작품들 중에서 몇 점을 골라 다른 행성에 보낼 거거든."

셜리는 여기까지 말하고는 한동안 잠자코 기다렸다. 내가 무슨 말이든 하기를 바라는 것처럼.

"아, 고맙습니다. 저도 정말 기대돼요."

"너는 이미 첫 번째 단계를 통과했어. 정말 멋진 작품이야. 내가 여기 온 건, 너의 최근 작품들을 고르기 위해서지. 앞으로 이삼 주 동안, 심사 위원들이 십 대 예술가들의 작품 천여 점을 평가할 거거든. 각 주를 대표하는 행운의 주인공을 두 명씩 뽑아서 다음 달에 열리는 예술 전시회의 경축 행사에 보낼까 해."

"와우!"

"그 경축 행사는 지구 궤도에서 열릴 거야, 아주 화려하게! 그리고 그날 밤에 우승자를 발표할 예정이고."

"좋네요."

"그렇지?"

셜리가 팔을 하나 들고서 내가 그린 성과 산, 그리고 성벽이 있는 마을의 그림들이 담긴 영상을 휙휙 넘겼다.

"자, 아담, 한번 말해 봐. 왜 하필 풍경화지? 인간들은 전통적으로 과일을 많이 그리지 않니?"

나는 애매하게 대답했다. 그동안 인간들은 과일뿐 아니라 풍경화도 가끔씩 그려 왔다고. 그러면서 내가 살고 싶은 세상을 그린 거라고 덧붙였다. 고대의 아름다움뿐만 아니라 모험이 가득한 세상을……. 딱 이런 그림 속 같은 세상에 살고 싶다고 말이다.

“하지만 이것들은 진짜로 있는 곳이 아니잖아.”

셜리가 따끔하게 지적했다. 나는 순순히 인정했다.

“네, 맞아요. 그런데 우리 마을 주변에 진짜로 있는 걸 그린 것도 있어요.”

나는 다른 영상을 불러왔다. 라일리 선생님이 나를 향해 고개를 끄덕이며 엄지와 검지로 하트 모양을 만들었다. 셜리는 에너지 정제 우주선과 배출 시설물, ‘헤더의 세숫대야 수프’ 푸드 트럭, 그리고 계절이 바뀔 때마다 그려 둔 우리 집의 풍경들을 차례로 훑어보았다.

“그런데 왜 이렇게 슬프게 그렸니? 너희 세상에 대한 긍정적인 이미지를 다른 행성에 심어 주고 싶지 않아? 넌 다른 외계 종족들이 젊은 인간 예술가들의 작품에서 이런 걸 보고 싶어 할 거라고 생각한 거야? 그들은 부브 기술을 보고 싶어 하지 않아. 우리가 내려오기 전의 지구를 보고 싶어 하지. 지구의 특별한 면을 보고 싶어 한다고.”

셜리는 말을 마치고서 또 한참 동안 내가 뭔가 대답하기를 기다렸다. 내가 끝내 아무 말도 하지 않자, 몸을 돌려 아까 그 판타지 그림들을 꼼꼼하게 살펴보았다. 그리고 마침내 다시 입을 열었다.

“이게 훨씬 더 아름답네. 이걸 보면 지구의 역사가 느껴져. 네가 그린 이 요새 말이야. 나는 이런 역설적인 방식이 아주 맘에 들어. 네가 만든 세상에서 느껴지는 야만성을 잘 포착해서 이렇듯 우아하게 표현해 내다니! 이거야말로 인간만이 지닌 상상력의 특징이지. 이걸 네 출품작으로 가져가도 될까?"

셜리가 막상 그렇게 말하니까, 내 작품에 대한 칭찬인데도 불구하고 그다지 자랑스럽게 느껴지지가 않았다. 나는 내심 셜리가 지구의 현실을 있는 그대로 그린 그림들을 더 좋아해 주길 바랐다.

셜리가 말을 이었다.

"부브의 배출 시설물 그림을 주방이나 휴게실 벽에 걸고 싶어 하는 외계 종족은 아무도 없을 거야. 그들은 멀리 떨어진 행성의 이국적인 풍경, 그러니까 낯설고 아름다운 경치를 보고 싶어 하거든. 그들이 시공간 이동 장치를 이용해서 몇 주 동안 휴가를 보낼 수 있는 곳 말이야."

순간, 나는 목이 메었다. 셜리에게 제발 다른 그림들을 가져가서 지구가 처한 현실을 찬찬히 음미해 보라고 말하고 싶었다.

그때 라일리 선생님이 끼어들었다.

"아담, 이건 네가 결정할 문제야."

우리 가족은 돈이 필요했다. 우리 가족의 삶을 영원히 바꿔 줄지도 모르는……. 하지만 그 판타지 그림들은 내가 살고 싶은 세상과 조금도 닮지 않았다. 아니, 정확하게 말하면 내가 정말로 원하는 곳이기는 했다. 하지만 나는 이미 여기, 이 세상에 살고 있지 않은가. 황폐해진 마을, 페인트가 벗겨진 우리 집, 밤마다 뿜어 나오는 에너지 정제선의 불빛, 폭도들에게 약탈당한 스톱앤샵과 함께.

여긴 내가 실제로 존재하는 곳이었다. 또, 우리 가족이 갇혀 있는 곳이었다. 그리고 내가 날마다 마주해야 하는 곳이었다, 절대로 꽁무니를 빼지 말고. 아무튼 그렇다는 거다. 드디어 나는 결정을 내렸다.

"네, 성과 성벽이 있는 마을로 하세요."

나는 최대한 온순하게 말했다.

그러자 셜리가 무척 기뻐하며 소리쳤다.

"아주 좋아. 이 그림들이라면 우승을 노려 볼 수도 있겠는걸. 라일리 씨, 이 그림이 담긴 캔버스를 심사 위원에게 제출해 주세요. 아담 코스텔로, 두 번째 단계에 대한 결과는 한 달 안에 알게 될 거야. 운이 좋으면, 이다음에는 경축 행사가 열리는 지구 궤도에서 만날 수 있겠구나. 최종 우승자가 발표되는 곳에서."

"고맙습니다."

나는 강제 노역 서류에 서명한 사람처럼 우울한 목소리로 말했다. 그러고는 셜리와 어색하게 작별 인사를 한 뒤 밖으로 나왔다.

라일리 선생님이 등 뒤에서 소리쳤다. 이따가 캔버스를 가지고 선생님이 일하는 아파트 경비실에 들르라고……. 라일리 선생님은 거기서 캔버스를 부브에게 우편으로 보낼 생각인 듯했다. 공중에 떠 있는 아파트에서 우편물을 보내면 지구에서보다 훨씬 더 빨리 배달되었다. 부자들은 지구와 공중 아파트를 오가는 정기 왕복선을 '지트니'라고 불렀다. 그 지트니가 오후 7시에 지구에서 출발했다.

나는 금이 쩍쩍 간 인도를 걸어서 집으로 갔다. 문득 내가 무슨 짓을 했는지 떠올랐다. 무거운 마음으로 현관문을 열었다. 하필이면 클로이가 아래층에서 자기 방 쪽으로 걸어가고 있었다, 그것도 버디랑 같이. 그 애들은 잠시 동안 나를 빤히 쳐다보았다. 인사 따윈 없었다.

그 애들은 곧 방으로 들어갔다. 곧이어 방 안에서 홀로그램 쇼에서 나는 소리가 시끌벅적하게 들렸다. 실제로 그 쇼를 보고 있거나, 아니면 자신들이 내는 빌어먹을 진짜 소리를 숨기기 위해서 볼륨만 높인 것일 수도 있었다.

나는 소파에 몸을 휙 던졌다. 아무것도 하기 싫었다. 쇼에서 흘러나오는 소리가 바닥을 쩌렁쩌렁 울렸다. 클로이가 버디의 팔에 안겨 있다고 생각하자 속이 뒤틀려서 견딜 수가 없었다.

잠시 뒤 네티가 현관문을 열고 들어왔다. 네티는 혀를 입천장에 대고 딱딱 소리를 내며 팝송을 흥얼거렸다. 엄마도 곧 뒤따라 들어왔다.

"오늘은 어땠어?"

엄마가 물었다.

나는 어깨를 으쓱했다. 엄마는 편의점의 카운터 일에 지원서를 내고 오는 길이었다.

"지원자들이 엄청 많더라고. 가능성은 30퍼센트 정도 되지 않을까? 이건 내 자격이나 조건하고는 전혀 상관없는 거야. 나는 은행에서 일했어. 이런 일쯤은 문제없이 해낼 수 있다고. 다만, 얼마나 많은 사람이 지원하느냐에 따라서 달라지는 것뿐이지."

네티는 계속해서 혀를 딱딱 부딪치며 노래를 불렀다. 심지어 쿠션을 무릎 위에 올려놓고서 손가락으로 통통 튕기기까지 했다. 네티가 발을 바닥에 내려놓고 갑자기 두 팔을 쫙 펼치며 투덜거렸다.

"저 집에서 홀로그램 쇼를 너무 크게 틀어 놔서 머리가 흔들릴 지경이야."

"좋은 소식이 있어요. 예술 콘테스트에서 첫 단계를 통과한 것 같아요."

근데 왠지 그 말을 내뱉는 순간, 이미 떨어진 것 같은 기분이 들었다. 그렇거나 말거나, 엄마와 네티는 무척 기뻐했다. 둘은 호들갑을 떨며 난리를 쳤다.

네티가 말했다.

"나도 좋은 소식이 있어! 남자 친구가 생겼거든. 이름은 마이클. 오빠처럼 돈을 벌 거야."

그 순간, 나는 몹시 혼란스러운 기분에 잠겼다.

"그러니까 무지무지 한심한 애랑 데이트를 하고선 어처구니없는 이유로 헤어진 다음에 전기톱 예술가하고 사귈 거라고?"

"아니! 부브랑 데이트 방송 계약을 맺을 거라고."

나는 자리에서 벌떡 일어났다.

"안 돼! 절대로 안 돼! 안 된다고, 안 돼, 안 돼, 안 돼. 네티! 절대로 안 돼. 그러면 안 돼."

"마이클은 거기에 완전 빠져 있어. 우리는 2020년대에 쓰던 말들을 전부 배울 생각이야, 오빠가 그랬던 것처럼."

"너는 이제 겨우 열다섯 살이야, 열다섯 살. 클로이랑 나한테 어떤 일들이 있었는지 너도 다 봤잖아. 우린 완전 망했어. 정말로 지긋지긋하다고."

"우리 가족은 돈이 필요해."

네티가 소리쳤다. 그러자 엄마가 끼어들었다.

"그건 네 오빠 말이 맞아. 네티, 네가 그런 걸 해야 할 상황이라면, 차라리 이 집이나 차를 팔 거야. 그 방송은 아담한테 아주 큰 실수였어."

네티는 계속 고집을 부렸다.

"저도 뭔가 하고 싶다고요! 우리가 하는 일이라고는 불평을 늘어놓는 것뿐이에요! 엄마가 늘 말씀하셨잖아요? 미리미리 대책을 세워야 한다고."

"내 말은 그런 뜻이 아니었어. 그런 뜻이 아니었다고!"

"알았어요. 마이클한테 가서 말할게요. '우리 매력덩어리, 미안하게 됐어.'라고요."

웬일인지 네티가 순순히 태도를 바꾸었다. 하지만 나는 안심할 수가 없었다.

"너, 무슨 꿍꿍이속이 있는 거지? 그렇지? 혹시 몰래 할 수 있을 거라고 생각하는 거 아냐?"

네티의 얼굴에 당황하는 빛이 어렸다.

나는 집게손가락을 흔들며 말을 이었다.

"너는 분명 그 방송을 하고서 집에다 깜짝 선물로 돈을 갖다줄 생각을 하고 있어. 우리가 그 돈으로 음식을 사서 파티를 열 것 같니? 으흠! 네티, 안 돼! 절대 안 돼."

"네티, 오빠 말 들어. 그건 정말 바보 같은 생각이야."

나는 가슴이 미어졌다. 어쩌다 우리가 이런 대화를 나누고 있는 거지?

나는 스케치 한 묶음과 완성된 그림 다섯 점을 상자에 담았다. 포장 테이프로 상자를 봉한 뒤 손잡이까지 만들어 달았다. 그러고는 노동자들을 공중 아파트로 데려다주는 엘리베이터의 이착륙장으로 갔다.

라일리 선생님의 직장까지 가는 데는 이십 분도 채 안 걸렸다. 거기로 가는 내내, 나는 우리 가족이 앞으로 어떻게 살아가야 할지를 생각했다. 네티가 데이트 방송을 하려 했다니, 정말이지 이제 어찌해야 할지 모르겠다. 너무나 끔찍한 상황이었다.

갑자기 우리 가족이 몹시 창피하게 느껴졌다. 직업도 없고 돈도 없는 건 우리 잘못이 아니었다. 그건 나도 알고 있었다. 그런데도 무지무지 부끄러웠다.

나는 그림 상자를 들고서 출입구를 빠져나갔다. 라일리 선생님은 무척 피곤해 보였다. 경비원 제복을 입은 채 경비실 한켠에 축 늘어져 있었다.

"저 왔어요. 괜찮으세요, 선생님?"

라일리 선생님이 고개를 돌리며 대답했다.

"아주 긴 하루구나. 학교에서 미술 수업을 마친 뒤 곧장 이리로 와 일을 해서 그런지 무척 피곤하네."

"그래 보이세요. 저기, 이거 가져왔는데……."

그때 현관문이 열리면서 남녀 커플 한 쌍이 걸어왔다. 지난번에 홀로그램으로 내 성을 보고서 감탄하던 무리에 있던 애들이었다. 그 둘은 연신 낄낄거렸다. 남자애는 아주 고급스러워 보이는 우주복을 입고 있었다. 거기엔 'IEVA'라는 글자가 새겨져 있었다.

그 순간, 나는 깨달았다. 내가 지금 경비실 안에 서 있다는 걸. 아마도 지금 라일리 선생님의 친구처럼 보일 터였다. 이 아파트에 사는 이모를 만나러 온 부잣집 아이가 아니라……. 나는 잠시 공황 상태에 빠졌다. 전에 한 거짓말 때문에 곤란한 상황에 빠진 셈이었다.

곧이어 죄책감이 밀려왔다. 사실 라일리 선생님의 친구이자 제자가 맞으니까.

라일리 선생님이 그 아이들에게 인사를 건넸다.

"코너, 주니퍼, 안녕?"

"안녕하세요, 데이브 씨?"

남자애가 건성으로 인사를 건넸다. 그러다가 나를 알아보았다.

“어라, 지난번에 본 마법의 성의 그 애잖아?”

남자애랑 여자애가 서로 눈길을 주고받으며 히죽거렸다.

“참, 여자 친구하고 같이 있었지? 우리, 그 골목길에서 너희를 봤는데…….”

나는 그 재앙 같은 일을 떠올리며 머리를 뒤로 젖히고서 마구 흔들었다.

“그 마법의 성에는 화장실이 많이 있니? 거기서 놀다가 똥이 마려우면 어떻게 해?”

그러자 라일리 선생님이 나섰다.

“코너, 그건 좀 말이 심한 것 같은데…….”

“다음에 봐요, 데이브 씨.”

남자애는 이렇게 한마디 툭 던지고는 여자애와 함께 엘리베이터 쪽으로 걸어갔다.

그 애들이 사라지자마자 라일리 선생님이 언짢은 표정으로 말했다.

“아담, 미안하구나. 애들이 왜 그렇게…….”

라일리 선생님은 말을 끝맺지 못하고 괜스레 손만 흔들었다.

“괜찮아요.”

잠시 어색한 침묵이 흘렀다. 커다란 창문 밖에는 얼어붙은 비가 내리고 있었다. 그 아파트는 구름 속에 떠 있었다.

그때 라일리 선생님이 주소를 불러 주었다. 나는 그것을 상자에 받아 적었다. 우리가 주소 위에 투명 테이프를 막 붙이고 있을 때였다. 우주선 한 대가 아파트에 도킹을 했다. 곧이어 문이 열리더니, 어떤 아줌마가 소리를 바락바락 지르는 꼬마와 함께 안으로 들어왔다.

"그렉슨 부인, 안녕하세요?"

라일리 선생님이 인사를 했다. 그러거나 말거나, 그 꼬마 여자애는 아랑곳하지 않고 계속 소리를 질렀다.

"안 먹어! 안 먹을 거라고! 먹기 싫단 말이야!"

꼬마가 작은 포장용 상자를 바닥에 휙 집어 던졌다. 그러자 상자 뚜껑이 열리면서 그 안에 담긴 내용물이 드러났다. 식당에서 먹다 남긴 음식을 포장해 온 모양이었다.

그렉슨 부인이 꼬마를 꾸짖었다.

"케네디, 얼른 집어 들어. 당장!"

꼬마는 들은 체도 하지 않고서 상자를 발로 툭 걷어찼다.

"근데 얘는 누구죠?"

그렉슨 부인이 갑자기 내가 왜 여기에 있는지 궁금하다는 듯이 물었다.

"아, 제가 가르치는 학생입니다."

라일리 선생님이 어물거리며 대답했다. 퍽, 퍽! 이번에는 꼬마가 유리문에다 연속해서 발 차기를 날렸다.

"제가 가르치는 학생들 중에서 가장 뛰어난 아이입니다. 이름이 아담 코스텔로인데요. 조만간 예술 잡지에서 이 아이 이름을 보실 수 있을 겁니다. 그리고 저기, 유리문을 저렇게 계속 걷어차면 안 될 것 같은데요."

"케네디, 그만. 이제 그만! 근데 데이브 씨가 교사인지는 몰랐네요. 화가인 줄로만 알고 있었는데."

"네, 그림은 지금도 조금씩 그리고 있어요. 하지만 제 진짜 천직은 학생들을 가르치는 거지요. 아담 같은 학생들이요."

그러자 그렉슨 부인이 쾌활하게 말했다.

"아니 왜, 옛말에도 이런 게 있잖아요? '할 수 있는 사람은 하고, 할 수 없는 사람은 가르쳐라!'"

그렉슨 부인이 활짝 웃었다.

그 순간, 라일리 선생님이 몸을 움찔했다. 나는 경비실에서 뛰어나가 그렉슨 부인을 한 대 치고 싶었다. 우리 마을 학생들이 떠올랐다. 여기서 2만 킬로미터 아래에 있는 우리 마을 학생들은 하나같이 라일리 선생님을 사랑하고 존경했다. 라일리 선생님만이 늘 우리에게 가치 있는 아이들이라고 말해 주기 때문이었다. 나는 목이 메었다.

"라일리 선생님은 대단하신 분이에요. 우리의 삶을 바꿔 주고 계시죠. 수업 시간에 필요한 미술 용품도 직접 다 사 오신다고요."

"그래, 대단하시구나."

그렉슨 부인은 별다른 감흥 없이 건성으로 대꾸했다.

"케네디, 유리문 그만 걷어차라고 했지? 그러다 깨지면 어쩌려고 그래?"

"저건 특수 제작된 강화유리여서 깨지진 않을 거예요. 하지만 유리문에 생긴 얼룩을 지우자면 꽤 힘이 들지요."

"스테이크도 얼른 집어 들어!"

그렉슨 부인이 짜증 섞인 목소리로 소리치자, 케네디가 지지 않고 냉큼 받아쳤다.

"바닥에 떨어진 거란 말이야."

"어서 집어 들어! 너는 안 먹어도 누군가는 먹겠지. 얼른! 어쩌면 데이브 씨가 먹고 싶어 할지도 모르잖니? 데이브 씨? 이거 정말 좋은 거예요. '바람의 노래'에서 방금 구운 걸 가져왔거든요."

라일리 선생님이 바닥에 떨어진 상자를 가만히 내려다보았다.

"으흠, 글쎄요, 저는 괜찮습니다, 그렉슨 부……."

그렉슨 부인이 케네디에게 명령했다.

"데이브 씨에게 갖다줘, 지금 당장! 데이브 씨에게 그 음식을 갖다주라고."

케네디가 스테이크를 집어서 상자에 담았다. 그리고 뚜껑을 닫은 뒤 경비실로 다가와 문턱에 올려놓았다.

"데이브 씨는 저걸로 오늘 저녁을 해결할 거야. 데이브 씨에게 고마워해야지. 네가 친절을 베풀 수 있도록 도와주고 있으니까."

그렉슨 부인은 이렇게 말한 뒤, 라일리 선생님을 바라보았다.

"허리 부위에요. 케네디가 일고여덟 입밖에 안 먹었죠. 물렁뼈가 너무 많다나 어떻다나?"

그러자 케네디가 못마땅한 듯 팔짱을 딱 꼈다. 그렉슨 부인이 살살 달래듯이 말을 이었다.

"자, 이제 데이브 씨가 네게 고맙다고 인사할지도 몰라. 너처럼 친절한 아이가 저녁을 양보해 주었잖니?"

라일리 선생님이 가만히 있자 그렉슨 부인이 다그치듯 말했다.

"데이브 씨, 그렇게 해 주겠어요? 그러면 우리 케네디가 자선과 친절이라는 중요한 교훈을 배우는 데 크게 도움이 될 거예요."

그렉슨 부인은 라일리 선생님이 왜 망설이는지 전혀 이해하지 못하는 눈치였다. 잠시 후, 이렇게 덧붙였다.

"무슨 말인가 하면요, 우리 케네디가 저녁을 줬잖아요, 그렇죠? 데이브 씨 입장에선 당연히 고마워해야 할 일이죠."

나는 차마 계속 지켜보고 있을 수가 없었다. 그래서 경비실 한켠에 둥둥 떠 있는 화면을 멀거니 쳐다보았다.

마침내 라일리 선생님이 그렉슨 부인에게 굴복하고 말았다.

"네, 그렇다면……. 케네디, 고마워. 네가 먹던 저녁을 이렇게 남겨 주다니, 참 착한 아이구나."

그 애는 그 말을 끝까지 듣지도 않았다. 엄마 손을 잡아끌며 엘리베이터 쪽으로 터벅터벅 걸어갔다.

그들은 이내 눈앞에서 사라졌다. 엘리베이터 문이 닫힌 뒤, 케네디가 문에다 냅다 발 차기를 하는 소리가 들렸다. 그 소리가 위층으로 점점 올라갔다.

우리는 잠시 동안 아무 말도 하지 않았다. 라일리 선생님은 조금 전에 일어난 일을 내가 잊어 주길 바라는 것 같았다. 나 역시 라일리 선생님이 그 일을 빨리 잊기를 바랐다.

그런데 그 순간, 간담이 서늘해지는 일이 벌어졌다. 라일리 선생님이 그 스테이크 상자를 자기 쪽으로 끌어당겼기 때문이다.

"그렇다고 이걸 버리면 안 되지."

라일리 선생님은 내 눈도 마주치지 못한 채 스테이크 조각을 손으로 집어 들고서 허겁지겁 먹기 시작했다. 나는 이 굴욕적인 스테이크를 라일리 선생님이 절대로 먹지 않기를 바랐다. 하지만 선생님은 꿋꿋이 그 스테이크를 우물우물 씹어 먹었다.

"물렁뼈가 그렇게 많지 않은데? 이야, 정말 맛있어. 심지어 차갑게 식었는데도 그래. 자, 그건 그렇고, 네 출품작은……."

"아니에요, 선생님. 이걸 제출할 생각이 아니었는데……. 잘못 가져왔네요."

라일리 선생님이 깜짝 놀라며 나를 바라보았다. 나는 그림 상자를 바닥에 휙 내던졌다.

"저는 이것들을 내지 않을 거예요. 제기랄, 판타지 성이라니! 씨발, 엿이나 먹어라! 빌어먹을."

나는 그림 상자를 발로 힘껏 걷어찼다. 아까 그 꼬마가 성질을 부리며 누군가의 저녁을 걷어찬 것처럼.

"다른 걸로 보낼 거예요. 우리 마을을 그린 걸로요."

나는 스스로 이렇게 결정하고서도 마음 한켠이 영 찜찜했다. 이게 얼마나 멍청한 짓인지 너무나도 잘 알고 있었기 때문이다. 우리 가족은 여지껏 근근이 살아가고 있었다. 그런데 나는 굳이 위험을 무릅쓰고서 같잖은 예술가 행세를 하려 들었다.

그래도 이게 옳다는 확신이 들었다. 우리 엄마도 내가 이렇게 행동하기를 바랄 터였다.

“정말로 하고 싶은 게 있다면 죽을 각오로 해야 해. 그러면 뭐든 이룰 수 있거든.”

이건 엄마가 즐겨 이야기하는 ‘할 수 있다’ 정신이었다. 나는 엄마와 네티가 내 뒤에 든든하게 버티고 서 있을 거라고 확신했다.

“내일 다른 그림을 가져올게요.”

“아담, 내 생각엔 부브 심사 위원들에게 감명을 줘서 콘테스트에서 우승하려면…….”

“아니에요. 저는 부브한테 분명하게 말할 거예요. 모든 사람이 부브에게 말해야 할 것을요. ‘자, 이게 우리가 사는 세상이다. 우리 세상이 이렇게 된 데는 너희에게도 어느 정도 책임이 있어.’라고.”

“우승 기회를 차 버리는 것일 수도 있어.”

라일리 선생님이 따갑게 경고했다. 하지만 곧 선생님 얼굴에 미소가 번졌다.

“그런 용기를 낼 수 있는 네가 정말 자랑스러워.”

아무도 없는 풍경

콘테스트에 다른 작품을 제출하고 난 뒤로 온몸에 열이 오르기 시작했다. 메릭병이 급속도로 악화된 게 분명했다. 엄마는 내가 돈과 예술에 너무 얽매여서 그런 거라고 했다. 어쩌면 그럴지도 모르겠다.

메릭병으로 창자에 구멍이 나서 오물이 장 밖으로 새어 나오고 있는 것만 같았다. 몸속이 죄다 감염되어 염증이 사방으로 퍼지고 있는지도. 몸이 부들부들 떨렸다. 위아랫니가 말 그대로 따닥따닥 부딪쳤다. 부브들이 한자리에 모여서 궐기 대회를 하면 아마도 이런 소리가 나지 않을까?

나는 하루 종일 침대에 누워 있었다. 엄마가 걱정스런 눈빛으로 바라보았다. 끊임없이 물을 마셔야 했다. 엄마는 더러운 수돗물을 끓여서 소독한 다음, 주전자를 집 밖의 눈 속에 파묻고서 천천히 식혔다. 우리는 겨울 내내 냉장고 없이 지냈다. 그래도 될 만큼 날씨가 추웠다.

설사가 끊이지 않았다. 바닥을 엉금엉금 기어서 화장실로 갔다. 화장실 벽에 축 늘어진 채 기대서서 흐리멍덩한 눈으로 세면대 주변의 물건들을 둘러보았다.

클로이와 헌터 형도 이 화장실을 같이 썼다. 헌터 형은 자신이 다니는 부브 회사의 상사처럼 되기 위해서 몸에 있는 털을 전부 없애는 중이었다. '반들반들한 피부 보장!'이라고 적힌 제모 약병이 옆으로 쓰러져 있었다.

시간이 지날수록 경련이 더 심해졌다. 온몸이 부들부들 떨렸다. 아프다는 것 말고는 아무 생각도 할 수가 없었다.

의사는 내 병을 치료할 수 있다고 했다. 하지만 우리는 건강 보험에 가입되어 있지 않아서 이 병을 치료할 수 있는 부브 약을 처방받을 수 없었다. 의사는 안타까운 얼굴로 내게 항생제를 쥐여 주었다. 이 약이 약간이라도 도움이 되기를 바란다고 말하면서.

열이 더 심해졌다. 이제 환각까지 보였다. 내 방의 양쪽 벽에 통로가 생기는가 싶더니, 사람들이 그곳으로 줄지어 들어왔다. 그러고는 내게로 우르르 몰려왔다. 그때 나는 티셔츠에 팬티만 입고 있었다. 그 사람들에게 가까이 오지 말라고 소리쳤다. 그렇거나 말거나, 환각 속의 사람들은 아랑곳하지 않고 한 명씩 다가와 내 상태를 꼼꼼히 살폈다. 그들은 연거푸 고개를 끄덕였다. 배 속을 지지는 듯한 이 고통은 내 상태가 아주 안 좋다는 걸 의미했다.

그들도 그걸 알아차린 모양이었다. 내 배를 가리키며 저희끼리 수군거렸다. 나는 그들에게 이건 너무 불공평한 일이라고 소리쳤다. 내게 준비할 시간을 전혀 주지 않은 채 제멋대로 들이닥쳤기 때문이다.

엄마가 내 침대 옆으로 와서 방 안엔 아무도 없다고 말해 주었다. 엄마밖에 없다고…….

"아니야, 나 여기 있어!"

헌터 형이 갑자기 아래층에서 큰 소리로 외쳤다.

"여기서 줄곧 자고 있었다고. 그러니까 제발 입 닥치고 조용히 좀 해!"

엄마는 차가운 물을 갖다주며 마시라고 했다. 나는 다시 잠이 들었다. 그러다 한밤중에 깨어났다. 모든 게 낯설어 보였다. 그림자가 벽에서 흘러내리고 있었다. 창밖에 눈이 내리고 있는 모양이었다. 온몸이 불덩이였다. 마치 피부가 진흙으로 뒤덮인 것 같은 느낌이 들었다.

나는 침대 옆에 놓인 물을 벌컥벌컥 들이마셨다. 그렇지만 갈증은 여전했다. 침대에서 일어나 발을 질질 끌며 깜깜한 부엌으로 갔다. 끓인 물이 더는 없었다. 수돗물을 그냥 마시는 건 로드킬로 죽은 동물을 쥐어짜서 그 즙을 마시는 것과 똑같았다. 하지만 배 속이 너무 뜨거워서 참을 수가 없었다. 결국 밖으로 나가 눈을 먹기로 했다.

현관으로 가서 문을 열었다. 눈이 아주 느리게 떨어지고 있었다. 이웃집의 외벽 무늬를 따라 소복이 쌓였다. 나는 현관 입구의 계단에 앉아 눈을 한 움큼 집었다. 그리고 손바닥에 쌓인 눈을 팝콘이라도 되는 양 게걸스럽게 먹었다.

그때 어둠 속에서 낯익은 사람의 모습이 보였다. 언뜻 아빠 같기도 했다.

"아담."

그 사람이 내 이름을 불렀다.

"아빠."

나는 입에서 손을 내리며 힘없이 말했다.

"그래, 안녕?"

그 순간, 나는 불현듯 깨달았다.

"아차, 환각이구나."

아빠가 꿈에 나타난 모양이었다. 그것도 눈 오는 날에 전혀 어울리지 않는 옷을 입고서. 아빠는 짧은 소매의 폴로셔츠를 입고 있었다. 마치 조지아주의 복숭아 농장에 있는 아빠를, 그대로 오려서 겨울철 풍경에다 붙여 놓은 것만 같았다. 왜 그러는지는 모르겠지만, 내 꿈속에 나타난 아빠는 싸구려 크롬 트로피를 꽉 움켜쥐고 있었다.

아빠가 눈을 가늘게 뜨고 나를 바라보았다. 나는 힘없이 중얼거렸다.

"지금 열이 많이 나서 정신이 혼미해요."

"아, 그래?"

아빠는 자신이 내 꿈속에 환영으로 나타나서 몹시 당황스러운 것 같았다. 우리는 잠시 동안 아무 말도 하지 않았다. 아빠는 어디까지나 내 상상력이 만들어 낸 산물이었다. 아무리 그래도 그렇지, 아빠가 먼저 말을 꺼낼 수도 있는 거 아닌가? 망상 속에서도 아빠는 완전 쪼다 겁쟁이였다. 눈발에 가려 흐릿하게 보이는 아빠의 형상은 그냥 그렇게 오랫동안 뻘쭘히 서 있었다.

결국 내가 먼저 입을 열었다.

"보고 싶었어요. 진짜 아빠를요."

"나도 네가 보고 싶었단다. 너랑 네티가 정말 그리웠어."

"다행이네요."

"그래서 이렇게 돌아온 거야. 너랑 네티한테 말해 주고 싶었거든. 내가 너희를 얼마나 그리워하는지 말이야. 얘야, 언제나 너희를 사랑한단다."

아빠 얼굴에 눈송이가 스쳤다.

"아빠는 지금 아주 따뜻한 곳에서 살고 계시죠?"

내 말에 아빠가 고개를 끄덕였다. 나는 따지듯이 물었다.

"우리를 왜 떠나셨어요? 어떻게 그러실 수가 있죠? 떠나고 나서도 복숭아 어쩌고저쩌고하는 말장난이 적힌 엽서나 한 장 달랑 보내고."

그 환영은 손에 들고 있던 트로피를 한쪽 겨드랑이에 끼웠다. 그러고는 두 손바닥을 위로 내보였다. 마치 "글쎄다." 혹은 "미안해."라고 말하는 것처럼. 아빠 팔에 난 털 위로 눈이 살며시 쌓였다. 아빠는 애써 웃음을 지으려 했다.

"조지아주에서는 곧 엠블럼을 바꿀 모양이야. 얼마 전에 투표를 했거든. 온전한 복숭아에서 한 입 베어 먹은 복숭아로……. 그렇게 하면 좀 더 맛있어 보일 거야."

나는 아빠를 냅다 노려보았다.

"근데 트로피는 왜 갖고 계세요?"

아빠가 그걸 품에 끌어안으며 초조한 목소리로 대답했다.

"내가 받은 거니까."

나는 눈을 가늘게 뜨고 그 트로피를 바라보았다. 농구를 하는 것 같았다. 레이업 슛! 그런데 그 모습이 꼭, 죽을 둥 살 둥 온 힘을 다해 손을 위로 뻗어 보지만 끝끝내 공에는 닿지 않을 것처럼 보였다.

아빠의 환영이 어둠 속에서 말했다.

"가기 전에……, 네가…… 엄마한테 말해 줄래? 내가 우리 가족을 위해서 최선을 다하고 있다고 말이야. 엄마는 절대로 이해 못 하겠지만, 나한테 다 계획이 있거든. 나는 사업을 할 거야. 그러려면 자본금이 필요하지. 그것만 마련되면 뭐든 시작할 수 있어. 우리 가족을 부양할 수도 있고. 자, 내 말을 잘 기억했다가 엄마한테 꼭 전해 줘. 엄마한테 차를 사 준 건 바로 나야. 알겠니? 내가 차 두 대를 싸게 잘 샀지. 내가 엄마한테 차를 사 줬다는 거, 꼭 기억해 둬. 그리고 난 말이야, 아주 훌륭한 판매원이었어. 올해의 판매왕이기도 했지. 이제 자본금을 확보했으니 사업을 시작할 거야, 혼자 힘으로! 카펫 청소, 알았지? 돈이 생기는 대로 너희한테 좀 보낼게. 이 방법이 우리 모두에게 최선이야."

"엄마도 늘 그렇게 말했어요. 아빠가 카펫 청소를 할 거라는 얘기만 빼면."

그러자 아빠의 환영이 짜증을 부렸다.

"치, 나를 너무 잘 알아."

"그리고 엄마는 아빠가 핫팬츠에 배꼽티를 입은 남부 지방 여자를 좋아한다고도 했어요."

순간, 아빠가 눈동자를 이리저리 굴렸다. 나는 아랑곳하지 않고 말을 이었다.

"아빠가 떠나시고 나서 네티가 얼마나 슬퍼했는지 아세요? 아빠가 그 애의 마음을 얼마나 아프게 했는지 아시냐고요?"

그 환영이 한쪽 팔을 내밀며 선언하듯 말했다.

"너는 나아~를 또다시 보게 되엘~ 것이다."

"아니, 아빠가 무슨 〈크리스마스 캐럴〉에 나오는 유령이에요?"

"나는 이제 가야 해."

그 환영이 말했다. 눈발이 점점 굵어졌다.

"아빠, 아빠!"

내가 소리치자 아빠도 외쳤다.

"미안해."

"이런, 젠장! 환영으로 나타나야만 나한테 미안하다고 말해요?"

"미안해, 미안해, 미안해."

아빠가 눈물 젖은 목소리로 연거푸 외쳤다. 어른이 저렇듯 애달프게 소리를 치니까 괜스레 마음이 아팠다.

"아무튼 저도 사랑해요."

눈이 점점 더 많이 내렸다. 아빠가 어둠 속으로 서서히 사라지며 말했다.

"나를 이해하게 될 거야, 분명히."

그러고선 마지막으로 할 말이 있다는 듯 내 이름을 급히 불렀다.

"아담, 아담! 이제 집 안으로 들어가. 네가 감기에 걸려 죽는 걸 바라지는 않거든."

안 그래도 추워서 죽을 지경이었다. 눈이 내 얼굴에 닿았다가 서서히 녹았다. 열이 내리고 있었다. 현관문을 닫았다. 창 너머로 내다보니 아빠는 이미 사라지고 없었다. 뭔가가 끝난 것 같은 기분이었다. 뭔가가 마무리된 듯한 느낌이랄까?

나는 곧 캐러멜처럼 달콤한 잠에 빠져들었다. 중간에 몇 번 깨긴 했다. 한번은 네티가 내 옆에 앉아 책을 읽고 있었다. 나는 손을 뻗어 네티의 손을 움켜잡았다. 그리고 또다시 깊은 잠에 빠졌다. 나중에 정신을 차렸을 때는 저녁 해가 거의 떨어지고 있었다. 엄마가 내 방에 와 있었다.

"엄마, 또 환영이 나타난 거 있죠? 이번엔 아빠였어요."

나는 미소를 지으며 말을 이었다.

"아빠가 미안하다고 했어요. 그리고 우리를 사랑한대요."

"아빠를 봤어?"

"카펫 청소 사업을 시작할 거래요."

엄마가 어색하고 뻣뻣하게 고개를 끄덕였다. 왠지 화가 난 듯이 보였다.

"그래, 아담. 나도 알아. 쪽지를 남기고 갔거든."

"그건 환영이었어요."

"아니야, 어젯밤에 실제로 와서 내 차를 훔쳐 갔어. 그 개자식이 널 속인 거야. 차고에 있던 내 차랑 자기 물건을 담아 둔 상자 두 개를 갖고 갔다고. 거기엔 졸업 앨범을 비롯해서 쓰레기 같은 게 들어 있었지. 고등학교 때 받은 트로피도. 그리고 쪽지에 이렇게 적어 뒀던걸. 그 차를 팔아서 스팀 진공 청소기를 살 거라고."

그때 네티는 문간에 서 있었다.

"아빠는 왜 여기까지 왔으면서 나한테 인사도 하지 않았을까?"

엄마도 나도 이 질문에 대답하고 싶지 않았다. 엄마는 그저 네티에게 다가가 꼭 안아 주었다.

나는 네티에게 이렇게 말했다.

"아빠가 그러셨어, 너를 많이 사랑한다고. 그리고 미안하대."

하지만 네티는 엄마에게서 몸을 빼내고는 휙 가 버렸다.

그날 저녁, 나는 텅 비어 있는 진입로를 연필로 그렸다. 진입로의 콘크리트에는 눈이 소복하게 쌓여 있었다. 거기엔 사람의 발자국과 타이어 자국이 찍혀 있었다. 모두들 떠나고 없었다. 그 풍경에는 사람이 보이지 않았다.

이튿날은 헌터 형이 음악을 너무 크게 틀어 놓는 바람에 도저히 잠을 잘 수가 없었다. 나는 침대에서 나와 바닥을 발로 몇 번 쿵쿵 굴렀다. 그런데 그 소리가 헌터 형한테는 하나도 들리지 않는 모양이었다. 아니면 무시하기로 작정했거나.

나는 어떻게든 잠에 곯아떨어져 시간을 때우려고 애썼다. 잠에서 깨어났을 때 내가 콘테스트의 다음 단계로 갈 수 있는 티켓을 거머쥐었다는 소식이 들어와 있기를 기대하면서.

그러다 지친 몸을 이끌고 네티의 방으로 갔다. 네티의 침대에서 가까스로 잠이 들었다. 시간이 얼마나 지났을까? 눈을 떠 보니, 네티가 바닥에 앉아 동물 인형들을 늘어놓고 있었다. 그 인형들은 마치 군인의 행렬처럼 한 줄로 가지런히 정렬되어 있었다. 네티는 곧 그 인형들을 플라스틱 상자에 하나씩 집어 던졌다.

"네티, 뭐 하는 거야? 그거 루루 아니야? 그리고 수잔이랑, 아크레, 프렌치프라이, 업은 또 왜?"

네티가 던지는 걸 멈추고서 기운 없이 대답했다.

"일단은 순서대로 정리했지."

"정리? 어떻게? 그것들은 원래 네 책꽂이 위에 놓여 있었잖아?"

"처음엔 크기별로. 그러다가 척추동물 분류 체계에 따라 정리하기 시작했는데, 포유류, 파충류, 조류, 양서류 이렇게 말이야. 별 효과가 없었어. 오징어랑 투구게를 어디에 넣어야 할지 헷갈렸거든. 그래서 그냥 알파벳 순으로 정리하려고."

네티는 인형들을 또다시 상자에 던져 넣기 시작했다.

"대체 왜 그러는데?"

"팔려고. 더 이상은 인형을 갖고 놀지 않으니까. 이런 걸 갖고 놀기엔 나도 나이를 꽤 먹었다고."

"말도 안 돼. 너, 쟤네들 엄청 좋아하잖아? 그동안 네가 얼마나 공들여 모았니?"

그러자 네티가 버럭 화를 내면서 말했다.

"나는 이제 열다섯 살이야. 남자 친구도 있어."

"쟤네는 버림받았다고 느낄 거야."

"저건 진짜가 아니야. 저 안엔 그저 싸구려 폴리에스테르가 잔뜩 들어 있을 뿐이라고. 오빠가 나한테 했던 말이잖아? 나를 울리고 싶을 때마다…….”

네티가 상자를 들어 올리며 말을 이었다.

“방을 정리할 거야. 저 인형들을 싹 다 팔 거라고. 팔리지 않으면 전부 내다 버릴 거야.”

네티는 방에서 쌩하니 나갔다. 발을 쿵쿵거리며 뒤쪽 계단을 통해 쓰레기장으로 가는 소리가 들렸다.

나는 침대에 가만히 누워서 네티가 두세 살 정도 되었을 때의 모습을 떠올렸다. 네티의 뺨에는 늘 음식 찌꺼기가 말라붙어 있어서 거칠거칠했다. 그때 네티가 내게 업을 내밀었다. 그 인형 역시 네티처럼 음식 찌꺼기가 덕지덕지 묻어서 털이 뻣뻣했다. 그러니까 네티는 내게 업을 선물로 주었다. 네티가 가장 좋아하는 인형이었기 때문이다.

나는 마음이 몹시 아팠다. 네티를 품에 꼭 안고서, 그 인형들은 모두 진짜라고 말해 주고 싶었다. 그러니까 어린 시절의 추억을 버리지 말라고.

“그 인형들 속에는 네 역사가 담겨 있어. 나는 너의 과거와 현재를 모두 사랑해. 더 나이 들었을 때의 모습도 사랑할 거야. 그래서 나는 그 인형들이 소중해.”

이렇게 말하고 싶었다. 하지만 그렇게 하지 않았다. 우리는 왜

하고 싶은 말을 그때그때 하지 않을까? 나는 그냥 내 방으로 가서 잠을 잤다.

저녁을 먹을 때쯤에는, 마쉬 아저씨네 가족이 쿵쿵거리며 지나다니는 발소리가 어찌나 시끄럽던지, 인형과 관련해서 뭔가 이야기를 꺼내기에는 영 적당하지가 않았다. 그렇게 그날이 무심하게 지나갔다. 그 뒤로 그 이야기를 꺼낼 분위기도 완전히 날아가 버렸다. 왜냐하면 그 인형들이 모두 사라졌으니까.

나는 그 인형들을 하나하나 캔버스에 그렸다. 아크레, 프렌치프라이, 루루, 수잔, 업, 그리고 나머지 인형들을 알파벳순으로 정렬해서 스케치를 했다. 마치 네티의 어린 시절을 순서대로 그리는 것처럼.

언젠가 이 그림을 네티에게 줄 것이다. 모든 게 지금보다 더 좋아졌을 때……. 사람들은 으레 뭔가가 사라진 다음에야 그것의 참 의미를 깨닫게 되니까.

"아담?"

엄마 목소리가 들렸다. 나는 잠에서 스르르 깨어났다. 온몸이 땀으로 젖어 있었다. 엄마는 편지 봉투를 손에 들고 있었다.

"너한테 온 거야. 부브가 보냈어."

"콘테스트 심사 위원단에서 보냈을 거예요. 얼른 열어 보세요!"

그러자 엄마는 무척 신나 했다.

"어머, 진짜? 내 가슴이 다 떨리네."

엄마가 내 무릎을 꽉 잡았다. 나는 침대에서 몸을 일으킨 뒤 베개에 등을 기댔다. 팔이 덜덜 떨렸다.

"얼마나 될 것 같아? 다음 단계로 넘어갈 확률 말이야."

"글쎄, 잘 모르겠어요."

"그냥 대략적으로."

"없어요. 그쪽에서 사과나 치즈 덩어리, 굴 껍데기 같은 그림을 원한다면 말이죠."

엄마가 봉투를 뜯었다. 그 안에는 공문서가 들어 있었다. 위쪽에는 부브어가 지익지익 그어져 있고, 그 밑에는 영어가 몇 줄 찍혀 있었다. 나는 엄마가 어떤 소식이든 어서 전해 주길 기다렸다. 좋은 것이든 나쁜 것이든.

"어때요, 제가 스포트라이트를 받을 만한 일인가요?"

나는 콜록콜록 기침을 하며 말을 이었다.

"아니면 쥐구멍을 찾아야 하나요?"

순간, 엄마 얼굴에 당황스러워하는 기색이 어렸다.

"이런, 세상에! 아이고, 이걸 어쩌니? 너랑 계약을 맺었던, 그 빌어먹을 부브가 보낸 거야. 너를 고소했어. 계약 위반, 거짓 진술, 뭐 그런 것들로. 너를 법정에 세우겠대."

"아, 안 돼."

내가 소리쳤다. 엄마는 그 문서를 계속 읽었다.

"법원 출석일은 다행히 여름이야. 그나마 우리의 정당함을 입증할 수 있는 시간이 있는 셈이지."

"어떻게요? 우린 그 어떤 것도 입증할 수 없어요. 그런 데다 쓸 돈이 없다고요."

엄마가 입술을 오므리며 자리에서 일어났다. 그리고 엄지와 검지로 그 문서를 조심스럽게 쥐고선 나머지 손가락을 오므려 구기기 시작했다. 마치 그 세 손가락으로 갈기갈기 찢어발길 듯이. 엄마는 곧 그것을 찢을 수 없다는 걸 깨달았다. 거기에 적힌 세부 사항을 확인해야 했기 때문이다. 그러니까 우리는 지금 그 문서를 찢어 버리는, 아주 소심한 복수조차도 할 수가 없었다.

엄마가 두 팔에 힘을 주고서 부르르 떨었다.

나는 숨 쉬기가 힘들었다. 쿨럭쿨럭, 연거푸 기침을 했다.

"아무래도 병원에 가야겠다. 부브 병원으로 말이야. 가끔씩 자선 진료도 하거든."

나는 숨이 다시 돌아오자 쌕쌕거리며 말했다.

"그것참, 다행이네요. 그러면 목구멍뿐만 아니라 똥구멍도 괜찮아지겠지요?"

"인터넷으로 확인해 볼게. 보스턴 근처 프로비덴스에 병원이 있을 거야."

우리는 정확히 닷새 후, 보스턴으로 향했다. 우주선이 그곳에 하루 동안 착륙해 있으면서 환자들을 무료로 진료해 준다고 했다. 선착순이었다. 열이 38도가 넘었지만 기를 쓰고 거기까지 갔다.

그곳은 자동차를 타고 두 시간 걸리는 거리였는데, 지금 우리에겐 차가 한 대도 없었다. 버스를 타는 수밖에 없었다. 나는 89세 노인처럼 온몸을 비틀거리면서 엄마와 함께 버스 정류장으로 걸어갔다. 그러다가 중간에 한 번, 걸음을 멈추고서 어느 집 정원의 덤불 뒤로 슬그머니 사라져야 했다.

나는 엉거주춤하게 쪼그리고 앉아 엉덩이에 한기를 느끼며 나직한 소리로 말했다.

"엄마, 그거 아세요? 버스를 타고서도 울퉁불퉁한 길을 한참 동안 가야 해요."

"버스에는 간이 화장실이 있을 거야."

나는 몸을 일으키며 말했다.

"제 똥 냄새를 덮으려면 아주 독한 소독약이 필요할걸요."

우리는 한 시간 가까이 걸려서 버스 정류장에 도착했다. 나는 한 발 한 발 신경을 바짝 쓰며 발걸음을 옮겼다.

버스는 아주 질리도록 오래 달렸다. 이 버스를 타기 위해 남은 돈을 탈탈 털었다. 마쉬 아저씨네 가족에게서 돈을 받아내려 애썼지만, 그들은 엄마 말을 들은 척도 하지 않았다. 우리는 돈이 없어서, 그 가족을 쫓아낼 수 있는 법적 절차조차 밟지 못했다. 그런 사정을 빤히 아는 그 가족은 날이 갈수록 우리 집에서 마음껏 활개를 치고 살았다.

버스는 포터컷과 운서컷에 있는 오래된 벽돌 공장들을 지나갔다. 마침내 저 멀리 보스턴이 보였다. 그곳의 랜드마크인 유리 타워 위로 아파트 단지가 둥둥 떠 있었다. 온몸이 부들부들 떨렸다. 일 분이 영원처럼 느껴졌다.

드디어 버스가 보스턴에 도착했다. 진료 우주선은 보스턴 공원에 내려와 있었다. 우주선의 각 문마다 엄청난 인파가 몰려 있었다. 부브어로 적힌 홀로그램 표지판이 문 위에 떠 있었다. 우리가 어디로 가야 하는지 알려 주고 있었지만, 그것을 읽을 수 있는 사람은 아무도 없었다. 그래서 모두가 혼란스러워하며 우두커니 서 있었다.

엄마는 사람들 사이로 나를 끌고 다니며 어느 줄이 '소화기내과' 인지 물었다. 한참 만에야 그곳을 어렵사리 찾았지만 줄이 어마어마하게 길었다. 우주선은 이미 하루 전에 내려와 착륙해 있었다. 사람들은 미리 와서 자리를 잡고 줄을 서 있었기 때문에 중간에 진료를 취소하고 돌아갈 사람은 단 한 명도 없었다. 그들은 대부분 진눈개비를 안 맞으려고 머리에 두꺼운 종이를 쓰고 있었다. 아예 텐트나 가림막을 친 사람도 있었다.

진료 우주선을 기다리다가 얼어 죽은 사람이 몇 명 있다는 이야기가 들렸다. 거기서 몇 시간 서 있다 보니, 나도 모르게 그냥 이대로 얼어 죽기를 바라는 마음이 생겼다. 우리는 왜 죽고 싶을 때 죽을 수조차 없는 걸까? 이런 상황에서도 우리를 살아 있게 하는 건 매우 잔인한 짓같이 느껴졌다.

"저 우주선이라도 그려 봐."

엄마가 대뜸 이렇게 말했다. 나는 가방에서 연습장과 연필을 꺼냈다.

"엄마, 이 중에서 가장 끔찍한 줄이 어딘지 아세요? 바로 소화기내과예요. 쉴 새 없이 화장실로 전력 질주해야 하는 사람들인데, 꾹 참고 여기 이렇게 계속 줄을 서고 있잖아요."

몸이 너무 많이 떨렸다. 그래서 마치 어딘가에 감전된 것처럼 그림 속의 선이 삐뚤빼뚤해졌다. 그 바람에 부유층 주거 지역인 비컨힐의 규격화된 집들의 풍경에 전혀 위엄이 없어 보였다. 심지어 우주선의 곡선 부분에는 잔금이 쫙쫙 그어져 있었다.

어느새 네 시간이 지났다. 우리는 겨우 10미터 앞으로 이동했다. 그런데 그때 부브가 더 이상 환자를 받지 않을 거라는 내용의 방송을 내보냈다. 그것도 아주 쾌활한 목소리로! 한 달 후에 무료 진료가 또 있으니 그때 다시 오라나?

우리가 버스에 올랐을 때쯤, 우주선은 공원 위를 맴돌고 있었다. 우주선에서 나온 불빛이 매사추세츠주 의회의 금색 돔을 환히 비추었다.

나는 집으로 돌아가는 길에 정신을 잃지 않으려고 애썼다. 버스는 여기저기 부서지고 팬 도로를 덜커덕거리며 달렸다. 나는 눈을 감았다. 하지만 통증이 하도 심해서 잠을 이룰 수가 없었다. 그저 시간이 어서 흘러가길 바랐다.

그렇거나 말거나, 시간은 언제나 여기 이곳, 우리 주변에 머물러 있었다. 거침없이 흘러가지 않고, 딱딱하게 굳은 콘크리트처럼 그냥 그렇게 멈춰 있었다.

보이지 않는 손이 움직이는 세상

어느 날 엄마가 우리 집이 물에 잠겼다고 말했다. 내가 이렇게 물어봤을 때였다.

“우리는 왜 일자리가 더 많은 곳으로 이사 가지 않는 거예요? 이 집을 팔고서 다른 곳으로, 그러니까 그게 어딘지는 모르겠지만, 아무튼 우리한테 맞는 곳으로 이사 가지 않느냐고요?”

그러자 엄마가 부드럽게 말했다.

“아담, 그것참 좋은 생각이구나. 그런데 우리는 이 집을 팔 수가 없어. 물에 잠겼거든.”

“대체 그게 무슨 소리예요?”

나는 이렇게 되묻고는 네티를 힐끗 보았다. 네티는 얼굴을 잔뜩 찌푸리고 있었다. 왜 그런지 요즘 들어 말을 잘 안 하려고 했다.

엄마가 말을 이었다.

"걱정할 건 없어. 이 집의 가치가 처음 샀을 때보다 많이, 아주 많이 떨어졌다는 뜻이니까. 너희 아빠와 내가 이 집을 샀을 땐 집값이 한창 오를 때였거든. 그래서 지금 당장은 이 집을 팔 수가 없어. 왜냐하면 집값보다 대출금이 더 많으니까. 이런 상황을 가리켜서, 집이 물에 잠겼다고 하는 거야."

"어휴, 다행이네요. 저는 우리 집에 물이 들어차서 장어라도 산다는 말인 줄 알았죠."

나는 네티를 물끄러미 바라보았다. 뭔가 재미있는 말로 맞장구쳐 주기를 기대하면서. 평소의 네티라면 정원에 떠다니는 문어라든가, 해초로 만든 커튼, 혹은 방석 위에서 파닥이는 송어 등 상상력이 돋보이는 말들을 늘어놓았을 것이다. 그런데 이번엔 입을 꾹 다문 채 아무 말도 하지 않았다.

엄마가 말했다.

"걱정하지 마. 곧 경제가 좋아질 거야. 항상 그랬어. 우린 그냥 기다리면 돼. 시장의 보이지 않는 손이 모든 걸 바로잡아 주게 돼 있거든."

"시장의 보이지 않는 손이요?"

내가 묻자 엄마가 고개를 끄덕였다.

"시장은 언제나 스스로 해결했어. 시간이 좀 걸릴 뿐이지. 가치는 상대적인 거야."

"음, 예술도 그래요."

"아담, 제발. 지금 예술 이야기는 하지 말자."

"하지만 진짜예요! 예술에서도 가치는 상대적이에요. 밝은 것과 어두운 것처럼. 라일리 선생님이 그랬어요. 어두운 그림에서는 회색이 밝게 보일 수 있다고요."

엄마는 잠시 생각에 잠겼다가 결국 내 말을 인정했다.

"그래, 맞아. 어떻게 보느냐에 따라 다를 뿐이지."

"우린 파산 같은 걸 신청할 순 없나요?"

"그게 그렇게 쉬운 일이 아니야. 특히, 지금은 더 그래. 너희 아빠랑 내가 법적으로 이혼하지 않아서 더 힘들어."

"그럼 우리는 가치가 저절로 바뀔 때까지 그냥 기다려야 하는 거군요."

"그렇지."

"어느 날 갑자기, 보이지 않는 손이 움직여 주어야 우리 집이 물속에서 벗어날 수 있게 되는 거고요."

"바로 그거야."

"우리 삶은 정말, 아주 지랄맞은 잔혹 동화네요. 아주 신비이이로오운 동화 속에 들어앉아 있군요."

그날 오후, 나는 물에 잠긴 우리 집을 가상 현실로 그렸다. 아직도 몸이 많이 아파서 붓을 들면 손이 부들부들 떨렸기 때문이다. 물감 냄새를 맡으면 머리가 더 아팠다.

일단 허공에다 스케치를 했다. 거실부터 그리기 시작했다. 거실은 물에 완전히 잠겨 있었다. 청어 떼가 계단 위쪽으로 헤엄쳐 갔다. 우리 집 물건들은 전부 물속에 차갑게 가라앉아 있었다. 그것들은 이제 더 이상 우리 것이 아니었다.

나는 거실에다 움직이는 걸 좀 더 추가해 볼까, 하고 고민했다. 가상 현실로 만든 어항 같은 거라도. 그런 게 있으면 다양한 물고기 떼가 헤엄치는 걸 몇 시간씩 지켜볼 수 있을 테니까.

그때 띵똥! 소리가 나면서 메시지가 도착했다. 나는 청어 떼를 그리다 말고 메시지를 확인했다.

"엄마! 엄마, 엄마, 엄마!"

나는 흥분해서 마구 소리쳤다.

엄마는 나한테 무슨 일이 생긴 줄 알고 깜짝 놀라서 헐레벌떡 뛰어 들어왔다. 여전히 물에 잠긴 거실이 나를 둘러싸고 있었다.

"저 됐어요! 네티, 나 됐어!"

나는 메시지를 허공에 크게 띄웠다. 처음에는 부브어가, 그다음에는 영어가 떠올랐다.

"……을 알리게 되어 매우 기쁘……."

엄마는 메시지를 찬찬히 읽었다.

"뭔데 그래?"

네티가 문간에서 건들거리며 물었다.

"어머, 세상에!"

엄마가 환하게 웃으며 소리쳤다.

"오, 맙소사! 네 오빠가 해냈어!"

엄마는 두 손으로 내 얼굴을 잡더니 빙글빙글 돌리며 메시지를 다시금 큰 소리로 읽었다.

"……많은 것을 고려한 끝에, 당신은 로드아일랜드주를 대표하는, 최종 후보 두 명 중 한 명으로 선정되었습니다."

"진짜야?"

네티가 소리쳐 물었다.

"응, 응, 응, 응. 지구 궤도에서 열리는 경축 행사의 환영 만찬에 내 작품이 초대된 거야. 미술 작품은 전시를 하고, 음악 쪽 참가자들은 연주를 할 거래. 아주 화려한 파티가 열리는 거지. 그리고 그날 밤, 어마어마한 상금을 받는 행운의 예술가를 발표한다나 봐."

엄마와 네티가 나를 꽉 안아 주었다.

"네가 그런 기회를 잡을 확률은 60퍼센트쯤 된다고 생각했어. 그 이상은 힘들 줄 알았지. 근데 그건 그냥 내 추측이었나 봐. 정말 행복하구나. 네가 거기 갈 수 있기를 바랄 뿐이야."

엄마가 내 어깨를 가볍게 토닥였다. 나는 곧 어리둥절한 기분에 빠졌다. 잠시 동안 그게 무슨 뜻인지 이해하려고 애썼다.

"엄마, 그게 무슨 말씀이세요?"

"아담, 네 몸이 계속 아프면 거기까지 갈 수 없어. 그 행사는 이삼 일 안에 열리잖아. 너는 지금 체온이 38도가 넘어. 그렇게 열이 오른 상태로는 지구 궤도까지 갈 수 없잖니?"

"엄마."

"지금 너랑 싸우자는 게 아니야. 아담, 너도 알잖아? 지금 이 상태로는 네 목숨이 위태위태하다는 거."

"엄마! 이건 제가 지구를 떠날 수 있는 기회라고요!"

"안 돼, 아담, 안 된다고!"

엄마는 매우 단호하게 말하고는 밖으로 휙 나가 버렸다. 나는 머리 끝까지 화가 났다. 조금 전까지 그리고 있던 가상 현실의 그림을 싹 지워 버렸다.

나는 물에 잠겨 허우적거리는 삶에 완전 신물이 났다. 이 좆같은 삶을, 이제는 말려야 할 때였다, 그것도 완전히. 이 빌어먹을, 침몰한 집을 놔두고 떠나고 말 것이다.

체온이 40도를 넘었다. 이른 아침, 또다시 환각이 나타났다. 사람들이 줄을 서서 방으로 들어오더니, 내 배를 가리키며 이러쿵저러쿵 떠들어 댔다. 하지만 오늘은, 바로 그날이었다. 지구 궤도에서 콘테스트가 열리는 날!

엄마는 이제 대놓고 화를 냈다.

"너, 아직도 미련을 못 버렸구나."

"네, 저는 반드시 갈 거예요."

"안 돼, 네 몸 상태가 너무 안 좋아."

"엄마, 저는 가야 해요. 우리한테 진짜 좋은 기회라고요."

"그래서……? 맨날 남 비꼬기나 좋아하는 래퍼 릴 킴이 그려진 티셔츠에 격자무늬 사각팬티를 입고서 지구 궤도로 가겠다고?"

"우선……, 릴 킴이 남을 비꼬기만 한 건 아니에요. 제가 음악을 좀 알거든요. 그리고 당연히 이 위에 다른 옷을 더 입죠. 아빠 정장을 입으려고 했어요."

엄마가 나를 보며 치수를 가늠했다.

"저는 충분히 갈 수……."

"아담, 나라고 이런 말을 하는 게 마음 편하겠니? 나도 네가 거기에 갔으면 좋겠어, 진심으로!"

"그렇죠!"

"…… 우리한테 아주 좋은 기회라는 거, 나도 알아."

"당연하죠!"

엄마가 내 뺨을 쓰다듬으며 차분하게 말을 이었다.

"하지만 너는 못 갈 거야. 지금쯤이면 병이 나을지도 모른다고 생각했어. 어쩌면 20퍼센트쯤은 좋아지리라고 기대했지. 그런데 이렇게 계속 체온이 오르면 너는 죽을지도 몰라. 열이 40도야. 정말 위험한 상태라고. 그래서…… 안 되겠어. 안타깝지만, 안 된다고! 아담, 지구 궤도에 오르는 건 안 돼."

나는 일부러 고개를 슬프게 끄덕였다. 물론 나는 갈 거다, 엄마 몰래!

엄마가 덧붙였다.

"몰래 빠져나가는 것도 안 돼. 알겠지? 내가 계속 지켜볼 거야."

엄마는 정오쯤에야 겨우 내 방에서 잠깐 나갔다. 엄마가 나간 사이, 나는 옷장에서 아빠 정장을 꺼내 입어 보았다. 바지를 접어 올리니, 그럭저럭 몸에 맞았다. 뭐, 허리 부분이 좀 헐렁거리긴 했다. 그새 살이 쏙 빠진 모양이었다. 나는 정장을 벗은 다음, 잘 개서 침대 밑에 넣어 두었다.

하루 종일 몸이 부들부들 떨렸다. 침대에 누운 채 몸을 잔뜩 웅크리고 있었다. 이가 자꾸 부딪쳐서 달그락거렸다. 시간이 몹시 느리게 지나갔다. 이제 두세 시간가량 남았다. 내가 부브의 우주 왕복선 이착륙장에 도착해야 할 때까지.

저녁때가 다가오자 엄마는 내게 농담조차 하지 않았다. 좋은 기회를 놓친 탓에 내가 울음이라도 터뜨릴까 봐 겁이 나는 모양이었다. 아니면 내가 그 기회를 얻기 위해 몰래 달아날 거라고 생각했을지도. 아무튼 엄마는 내 방에 꿋꿋이 앉아서 책을 읽었다.

나는 엄마에게 영화를 같이 보자고 제안했다.

"엄마, 저랑 영화 보실래요?"

"좋지! 뭘 보면 좋겠니?"

"〈탈륨 견 2세 : 암살범의 칼날〉."

엄마는 그거 말고 다른 걸로 보자고 할 게 뻔했다. 엄마는 액션 영화를 싫어했다.

"엄마, 오늘 밤만요. 힘든 날이잖아요, 네?"

잠시 후 고층 건물에서 벌어지는 액션이 사방의 벽에서 펼쳐졌다. 그건 꽤 효과가 있었다. 레이저 교전과 전투선 폭발이 이십여 분간 이어지자, 엄마는 지루함을 견디지 못하고 까무룩 잠이 들었다. 이제 한 시간 십오 분 정도 남았다. 잔잔한(?) 폭력의 자장가가 멈추고 엄마가 잠에서 깰 때까지.

나는 드디어 탈주의 기회를 잡았다. 자리에서 슬그머니 일어났다. 다리가 휘청거리면서 양쪽 뺨이 발갛게 달아올랐다. 우선 정장을 조심스럽게 입었다. 후들거리는 다리를 한 번에 한쪽씩 바지에 집어넣으면서, 미리 계획해 둔 각 단계를 혼잣말로 중얼거렸다.

"한쪽 팔은 여기다 넣자. 그리고 반대쪽 팔은 저기다 넣고. 그런 다음에 물을 마시는 거야. 방광이 감당할 수 있는 만큼 최대한 많이……. 그다음에는 차고로 가서 자전거를 밀고 도로까지 가야지. 오른발을 페달에 올린 뒤……."

순간, 복잡한 감정이 차올랐다.

바로 그때, 각종 무기로 무장한 영웅이 대뜸 고함을 질렀다.

"아니, 이따위를 환영 선물로 보내다니!"

아, 정말 진부하기 짝이 없는 할리우드식 농담이었다. 그 영웅은 폭발물이 들어 있는 커다란 통의 뚜껑을 열었다.

나는 복도로 조심조심 발을 내디뎠다. 마음 같아선 네티 방에 잠시 들러서, 내 이마에다 행운의 키스를 해 달라고 하고 싶었다. 하지만 그렇게 하면 네티가 엄마에게 쪼르르 달려가 일러 버릴 게 뻔했다. 나는 그냥 부엌으로 갔다. 끓인 물을 벌컥벌컥 마셨다. 배

속의 통증이 너무나 심해서 머리까지 어지러울 지경이었다.

싱크대를 손으로 짚고 한 걸음씩 발을 옮겨 차고로 갔다. 당연히 차는 없었다. 잡동사니만 한가득 쌓여 있었다. 그런데 이상하게도 불이 켜져 있었다. 누군가가 있는 게 틀림없었다. 순간, 온몸에 소름이 쭉 끼쳤다.

이윽고 형광등 불빛 아래, 창백한 얼굴로 상자 뒤에 몸을 웅크리고 있는 사람들이 보였다. 헌터 형과 친구 두 명이었다. 그들은 등을 밑으로 향한 채 팔과 다리로 바닥을 짚고 있었다. 부브처럼 게걸음을 걷다가 그대로 멈춘 듯했다.

그들은 어두운 부엌에 불이 딱 켜질 때의 바퀴벌레처럼 한곳에 얼어붙어 있었다. 어찌 된 일인지 전부 머리카락이 없었다. 그들은 혹시라도 내가 비웃지나 않는지 살피면서 연방 경계를 했다.

나는 당당하게 걸어가 내 자전거의 핸들을 손으로 움켜잡았다. 이윽고 차고 문이 천장으로 말려 올라갔다. 나는 한쪽 다리를 자전거 페달에 올린 다음, 고개를 돌려 땅에 붙어 있는 그 세 사람을 보았다.

그때 헌터 형이 내게 말했다.

"쉿, 조용히 해."

그들은 차가운 콘크리트 바닥을 손으로 지익지익 긁었다. 잠시 후 헌터 형이 허공에다 명령했다.

“자, 다시 한 번!”

그러자 지익지익 긁는 부브어가 허공에서 들리더니, 그 말이 금방 번역되어 들려왔다.

“더블 킹 룸에 조식이 포함되어 있습니까?”

그 말을 부브어로 다시 반복했다. 나는 진입로로 내려갔다. 차고 문이 육중하게 내려와 내 뒤에서 쾅 닫혔다. 헌터 형과 친구들이 외계인 호텔에다 뭔가를 계속 요구하는 소리가 들렸다. 평생 가도 묵을 수 없는 비싼 호텔에다가 말이다.

나는 자전거 페달을 힘껏 밟았다. 거리는 벌써 어두웠다. 나무는 모두 죽어 있었고, 그 위로 눈이 고즈넉이 내려앉아 있었다. 길에는 눈이 녹았다가 얼어붙었다가를 반복했다. 우주 왕복선이 내려오는 부브 이착륙장까지는 8킬로미터 거리였다.

내가 거기까지 시간에 맞춰 가는 건 상상할 수 없는 일이었다. 하지만 포기하고 싶지 않았다. 2킬로미터쯤 갔을 때, 나는 자전거를 타고 어느 집의 으슥한 구석으로 들어가 그대로 사라져 버리고 싶은 충동에 휩싸였다. 차라리 어둠의 일부가 되어 버리는 편이 나을 듯했다.

그러다가 그만…… 쿵! 땡땡 얼어 있는 눈더미를 들이받고 빙글

빙글 돌았다. 그길로 길바닥에 굴러떨어지고 말았다. 바닥이 무척 딱딱했다. 제일 먼저 든 생각은 '옷이 찢어지진 않았겠구나.' 하는 거였다.

나는 차가운 바닥에 큰대자로 뻗어 있었다. 그리고 천천히, 아주 천천히 몸을 일으켰다. 손으로 무릎 관절을 하나씩 맞추었다. 이가 또다시 달그락거렸다.

그때 미니밴이 도로 한쪽에 멈춰 섰다. 어떤 여자가 창문 밖으로 고개를 삐죽 내밀며 물었다.

"괜찮니?"

"괜찮냐고요? 아, 아니요……. 괜찮지 않은데요."

나는 떨리는 목소리로 대답했다.

"무슨 일이니?"

"열이 40도나 돼요."

"아이고, 세상에! 병원 가는 길이었니? 응급실까지 태워 줄까?"

나는 그럴 필요 없다고 말하려 했다. 그냥 가던 길을 가라며 손을 흔들어 줄 생각이었다. 그런데 갑자기 그 사실이 떠올랐다. 병원 가는 길에 그 부브 거주 지역이 있다는 것! 그러니까 우주 왕복선의 이착륙장이 있는 곳 말이다.

나는 자동차 문을 재빨리 열면서 말했다.

“네, 네, 그렇게 해 주세요. 정말 고맙습니다. 제가 지금 몸이 너무 아파서…….”

미니밴은 저 혼자 알아서 운전을 하고 있었다. 뒷좌석에 앉아 있는 그 여자 옆으로 식료품이 가득 담긴 쇼핑백이 여러 개 놓여 있었다. 나는 자동차 문을 쾅 닫고서 머리 받침대에 머리를 살며시 기댔다.

“자전거는?”

그 여자가 물었다. 나는 눈짓으로 밖을 확인한 뒤 건성으로 대답했다.

“저기 있네요.”

그 여자는 내가 차 밖으로 나가서 가져오기를 기다렸다. 하지만 나는 아무렇지도 않은 듯이 말을 이었다.

“그냥 가세요. 그리고 저기……, 혹시…… 저를 부브 거주 지역에 내려 주실 수 있나요?”

그 여자가 뾰루퉁한 얼굴로 쏘아붙였다.

“아니, 싫어. 내가 택시 운전사인 줄 아니?”

“아, 네, 네. 알겠습니다. 그럼 병원으로 곧장 가요.”

“자, 출발!”

그 여자가 미니밴에 대고 말했다. 곧이어 미니밴이 출발했다.

나는 선팅된 창문으로 밖을 내다보았다. 때 묻은 집과 칙칙한 눈이 우리 옆을 천천히 지나갔다. 도로는 엉망진창이었다. 움푹움푹 팬 곳이 너무 많았다. 지금은 아무도 그것을 메우지 않았다. 미니밴이 덜컹거릴 때마다 머리가 지끈거리고 속이 울렁거렸다. 때때로 신음 소리가 새어 나오기도 했다.

"노면이 고르지 못해 죄송합니다."

미니밴이 말했다.

"내가 몸이 안 좋아서 그래. 속이 좀 울컥거리네."

내가 말하자 미니밴이 대꾸했다.

"'울컥거리는' 게 아니라 '울렁거리는' 거 아닌가요?"

"어이, 자동차 양반. 그런 식으로 남 말에 토 달지 말고 당신 일이나 잘하시지."

그 순간, 나는 한 손으로 배를 움켜쥔 채 다른 손으로 내 입을 틀어막으며 신음했다.

"으윽……."

그 여자가 물었다.

"어떡해? 계속 가? 괜찮겠니?"

그 여자는 지금 자동차 시트를 걱정하고 있는 게 분명했다. 그 순간, 나는 어떻게 하면 이 미니밴에서 빠져나갈 수 있는지를 깨달았다. 때마침 우리는 부브 거주 지역에서 400미터도 채 안 떨어진 곳을 지나가고 있었다. 이제 미니밴에서 빠져나와 걸어가야 했다.

나는 침을 꿀꺽꿀꺽 삼키며 숨을 깊게 들이쉬었다. 그리고 연신 헛구역질을 해 댔다.

"우욱, 우욱. 흠흠……, 이 창문은 잘 내려가나요?"

그 여자가 또 물었다.

"혹시 속이……?"

"네, 네, 좋지 않네요. 솔직히 말해, 아주 안 좋아요. 열이 40도나 되니까요."

나는 큰 소리로 말한 뒤 침을 또 꿀꺽 삼켰다.

"얘, 저기 있잖니? 그러니까 만약 네가……."

"전 괜찮다니까요. 정말 괜찮아요, 정말로요."

나는 일부러 고집을 피웠다. 설사까지 꾹 참고 있다는 목소리로. 그러자 그 여자가 미니밴에 대고 소리를 버럭 질렀다.

"길가에 세워! 얼른!"

나는 미니밴에서 내리자마자 덤불 속으로 급히 뛰어들었다. 그 여자는 내가 곧 멈출 거라고 생각했겠지만, 나는 앞으로 무작정 내달렸다. 어느 골목에 이르렀을 때쯤에야 무슨 일이 일어난 건지 알아차린 듯했다. 멀리서 그 여자의 고함 소리가 들렸기 때문이다. 나는 죄책감이 약간 들었다. 어쨌든 그 여자는 나를 병원까지 태워 주겠다고 한 거니까. 하지만 내겐 지금 무엇보다 지구 궤도에 오르는 일이 중요했다.

나는 부브 거주 지역에서 흘러나오는 불빛들을 바라보며 황량한 들판을 가로질러 걸어갔다. 길은 꽤 위험했다. 살얼음이 곳곳에 얼어 있었다. 나는 수없이 미끄러지며 발을 헛디뎠다. 오줌도 마려웠다. 집을 나서기 전에 물을 너무 많이 마신 듯했다. 어쨌거나 나는 이리저리 비틀거리며 앞으로 앞으로 나아갔다.

이윽고 우주 왕복선 대기 구역이 눈앞에 나타났다. 한 무리의 사람들이 불빛 아래 모여 있었다. 드디어 해냈다. 지구 궤도에서 열리는 내 첫 전시회에 갈 수 있게 되었다.

이것을 기념하기 위해 또 다른 예술 작품을 만들기로 했다. 나는 그늘진 곳으로 가서 쌓인 눈 위에다 오줌발로 빙긋 웃는 얼굴을 그리기 시작했다. 뭐, 얼굴에다 눈을 그리느라 중간에 몇 번 끊긴 했지만. 어쩌면 지구 궤도에서 빈손으로 돌아오게 될지도 모르는 일이었다. 어쨌든 이 지구상에 내 발자취를 남기고 싶었다.

그때 갑자기 스포트라이트가 쏟아졌다. 나는 얼른 바지의 지퍼를 올렸다. 조명이 어찌나 밝던지 내 양쪽 팔에서 후광이 비쳤다. 바야흐로 머리 위에 있던 우주 왕복선이 이착륙장으로 내려왔다.

나는 땀을 삐질삐질 흘리며 힘껏 달렸다. 누렇게 시든 잔디밭을 가로지른 뒤 플랫폼에 어렵사리 발을 내디뎠다. 외계인들이 우리 쪽으로 다가왔다. 드디어 떠날 준비가 다 되었다.

그들만의 천국

내가 탄 우주 왕복선에는 뉴잉글랜드 지역에서 온 아이들로 바글바글했다. 잔뜩 긴장해서 입을 꾹 다문 아이들도 있었고, 한껏 들뜬 채 쉴 새 없이 수다를 떠는 아이들도 있었다. 벽에 딱 달라붙어서 몸을 부들부들 떨며 화장실 문을 노려보고 있는 아이는 나밖에 없었다. 마치 개가 필사적으로 뼈다귀를 지키고 있는 것처럼.

오늘 저녁에는 미술 콘테스트뿐만 아니라 음악 콘테스트도 열린다고 했다. 그래서 기타를 들고 있는 아이들이 꽤 많았다. 밴드를 하는 아이들은 자못 흥분한 얼굴로 우주선 안을 이리저리 돌아다녔다.

창밖을 흘깃 보니, 지구가 점차 멀어지고 있었다. 나는 지구와

이 우주 왕복선 사이를 채우고 있는 공기의 색감에 대해 생각하려 애썼다. 몸에서 열이 펄펄 났다. 손으로 이마를 짚어 보았다. 손이 부들부들 떨렸다. 머리가 몹시 아팠다.

십 대 예술가들의 콘테스트가 열리는 부브의 우주선은 색색의 불빛으로 반짝이고 있었다. 우리는 전 세계 각지에서 모인 군중들 속으로 쏟아져 들어갔다. 모두들 지구를 떠난 건 이번이 처음이라며 흥분을 감추지 못했다. 허스키한 소리로 지익지익 긁어 대는 부브의 안내 방송이 머리 위에서 울려 퍼졌다. 통역기를 먼저 부착한 아이들이 우리를 우주선 안쪽으로 이끌었다.

우리는 서로에게 떠밀린 채 조금씩 움직이며 전시된 작품들을 감상했다. 심사 위원들은 이미 마음의 결정을 내렸겠지만, 우리는 젊은 음악가들의 연주가 끝난 후에야 우승자가 누구인지 알 수 있었다.

거대한 화랑은 정물화로 가득했다. 과일, 칼, 생선, 빵, 바닷가재, 꽃 등이 줄지어 전시되어 있었다. 그리고 당연히 운동화도 있었다. 그림마다 부브어와 영어로 제목이 붙어 있었다. 그림들은 전 세계 각지에서 모아 온 데다 저마다 다른 물건을 그려 놓았다. 그런데도 부브는 그 그림들의 제목을 죄다 '인간의 전통적인 정물화'라고 붙여 두었다.

그중에는 내 그림도 있었다. 그들이 뽑은 건, 약탈당한 스톱앤샵과 시꺼먼 교외 밖에 떠 있는 부브 거주 지역, 인간의 우상을 만들어 파는 버디 기의 집, 그리고 마지막으로 겨울날의 우리 집 풍경이었다. 아빠가 머리를 무릎에 댄 채 현관 계단에 쭈그려 앉아 있는 그림…….

사실 정물화에서 벗어나려고 애쓴 사람은 나만 있는 게 아니었다. 그러니까 주방의 식탁, 껍질을 반쯤 벗긴 오렌지, 주름진 식탁보 같은 그림들에서 벗어나려고 애쓴 사람들이 꽤 여럿 있었다. 나는 내 또래 예술가들이 새로운 형태로 새로운 것들을 추구하며 만든, 믿을 수 없을 만큼 흥미진진한 작품들을 찬찬히 살펴보았다.

예를 들면, 아무것도 없는 빈 캔버스에 다양한 영상을 띄워서 움직이도록 만든 작품이 있었다. 부브 우주선처럼 생긴 것이 지구로 내려오는 동안, 사람처럼 생겼지만 얼굴이 없는 것들이 줄지어 앉아 있는 동상도 있었다. 다양한 색깔의 팔다리가 표면 밖으로 튀어나오거나 밑으로 거꾸러지면서 마구 허우적거리는 홀로그램도 있었다. 그건 도움을 요청하는 인간의 울부짖음을 추상적으로 표현한 것 같았다.

내가 평가하기가 어려운 작품들도 있었다. 어떤 비디오 영상은 처음에 거실 바닥을 훑는가 싶더니, 어느 순간 낡은 부엌 바닥에 널브러져 있는 가족을 보여 주었다. 그 영상은 그렇게 버려진 가족들이 살고 있는, 가축우리 같은 집 안을 계속 탐사했다. 또 완전히 타 버린 것처럼 보이는 물건도 있었다. 그런데 그 작품을 바라보는 사람이 다른 곳으로 이동을 하게 되면 다시 원래대로 돌아가 온전해졌다.

이런 아이들과 몇 년 전에 만나서 이야기를 나눠 봤더라면 참 좋았을 텐데. 그랬다면 나는 지금 어떤 종류의 예술을 하고 있을까? 나는 콘테스트에서 떨어지더라도 이런 아이들 중 한 명한테 지게 되기를 기도했다. 정해 놓은 규칙대로 행동하지 않는 아이들 말이다. 햇볕이 잘 드는 곳에 놓인 과일 더미나 하품이 절로 나는 자두 등, 인쇄소에서 마구 찍어 낸 것 같은 그림한테는 결코 지고 싶지 않았다.

얼마 후 강당에서 음악 콘테스트가 시작되었다. 천여 명 정도 되는 사람들이 2층의 발코니석에 앉아 있었다. 나는 화장실이 가까운 자리를 골랐다. 아마도 하얗게 질린 채 땀으로 뒤범벅되어 있을 테지.

홀 안에 1950년대의 로큰롤이 계속 울려 퍼졌다.

"자, 다음은 '닥터 터치 앤 센세이션'이 부릅니다. 인간의 전통적인 노래 〈바보들은 왜 사랑에 빠지는가〉입니다."

으악, 머리에 왁스를 처바른 알랑방귀쟁이들이 1950년대에 유행했던 노래를 불러 젖혔다. 나는 틈틈이 몸을 비틀거리며 화장실에 가야 했다. 바닥에 쪼그리고 앉아서, 수분을 유지하려고 꾸역꾸역 마셔 댄 물을 죄다 토했다. 그랬다, 이제는 토하기까지 했다. 그 뒤로도 계속 화장실을 들락거렸다.

부브 매니저 한 명이 나를 쭉 지켜보았다. 나는 화장실에 앉아 설사를 하면서 이런저런 생각에 잠겼다. 그러다 내 병의 치료 비용이, 저 매니저가 아침마다 몸에 낀 이끼를 닦는 데 드는 돈보다 적을 거라는 데 생각이 미치자 화가 불쑥 치솟았다. 인간들은 멍청하게도 이것을 아주 당연하게 여겼다.

나는 부브 병원의 응급실에 딱 한 번만 가면 되었다. 그러면 부브 의사가 내게 주사를 놓거나, 마법의 지팡이를 흔들거나, 어쨌든 뭐든 할 터였다. 그러면 내 몸속의 병은 깨끗이 나을 텐데…….

나는 홀로 돌아갔다. 어떤 개자식이 〈내가 할 수 있는 건 꿈꾸는 것뿐〉이란 1950년대 로큰롤을 부르고 있었다. 그런데 그 노래가 부브어로 동시 통역되다 보니, 마치 진공 청소기로 털이 긴 카펫을 청소하고 있는 것 같은 소리가 났다. 부브들은 가장 좋은 자리에 앉아 열광하고 있었다. 나는 두 눈을 질끈 감았다. 시간이 이토록 허무하게 흘러가는 걸 가만히 지켜보기가 힘들었다. 쉼 없이 로큰롤과 함께하는 이 시간이…….

잠시 침묵이 흘렀다. 그동안 그랜드 피아노가 무대 한가운데로 저절로 굴러갔다. 내 자리에서 그리 멀지 않은 곳에 앉아 있던 여자애가 조명을 받으며 그 피아노를 따라갔다. 삐쩍 마른 몸에 검은색 드레스를 대충 걸치고 있었다.

이윽고 여자애가 연주를 하기 위해 피아노 앞에 앉았다. 왠지 화가 잔뜩 나 있는 듯한 표정이었다. 홀에 모인 사람들이 전부 밉기라도 하다는 듯이. 나는, 당연히, 한눈에 반하고 말았다.

그 애는 피아노를 손가락으로 쿵쿵 내려치기 시작했다. 평소 같았으면 피아노 연주를 가만히 듣고 있지 못했을 것이다. 연주곡은 가사가 없어서 뭘 말하려는 것인지 도통 알아차릴 수가 없었다.

그런데 그 애의 연주에서는 뭔가가 느껴졌다. 마치 건반으로 우리에게 욕을 하는 것 같았다. 그 애의 연주에는 격변과 혼돈이 스며 있었다. 선율이 완전히 붕괴된 것처럼 들렸다. 그런데도 나는 연주 중간중간에 꽤 다정한 기분을 느꼈다. 심지어 행복한 감정마저 스며들었다.

그 애는 마치 악에 받친 목소리로 욕을 하는 것처럼 피아노를 매우 거칠고 사납게 연주했다. 마침내 연주가 끝나자, 그 애는 자리에서 일어나 고개를 숙여 관중에게 인사했다. 객석에서는 침묵이 흘렀다. 모두들 혼란스러워하는 눈치였다. 마침내 부브들이 예의 바르게 긁는 소리를 냈다. 그러자 그 애는 무대에서 천천히 걸어 나갔다.

이윽고 밴드 그룹이 나와서 '사랑의 참고서'를 누가 썼는지 궁금하다고 소리치며 시끄럽게 연주를 했다.

"후후 와우 우~ 쿵."

나는 그 여자애가 발코니석으로 되돌아와 자기 자리에 앉는 걸 지켜보았다. 이곳에서 더 이상 혼자가 아닌 듯한 기분이 들었다. 그 여자애와 이야기를 나누고 싶었다. 속이 몹시 울렁거렸지만 꾹 참고 자리에서 일어났다. 몸이 하도 비틀거려서 몇 번이나 쓰러질 뻔했다. 난간을 꽉 움켜쥐었다.

나는 그 애 앞에 가서도 여전히 휘청거렸다. 그 애가 걱정스러운 표정으로 바라보았다. 나는 속으로 힘없이 중얼거렸다.

'정신 바짝 차려, 이 멍청아.'

그리고 그 애를 안심시키기 위해 내 소개를 먼저 했다. 물론 계획한 대로 잘되지는 않았다. 혼잣말인 듯 대화인 듯 애매한 목소리가 흘러나왔다.

"나는 아담 코스텔로야. 지금 열이 40도 넘게 오르고 있지. 게다가 살아 있는 지옥이 뭔지 생생하게 알려 주는 끔찍한 병을 앓고 있기도 하고."

그 애의 눈썹이 위로 올라갔다. 나는 요점을 말할 때가 되었다고 생각했다.

"그래, 알았어. 나는 너를 잘 몰라. 이름도 모르지. 왜냐하면 그 부브 아나운서가 널 잘못 소개한 것 같거든. 네가 정말로 클래식의 대가인 로베르트 슈만이라고 불리지는 않을 테니까. 그래서 있잖니? 밥, 나는 너를 밥이라고 부를게. 밥, 잘 들어 봐. 여기 있는 우리는 전부 혼란스런 감정에 빠져 있어. 그런데 왜 그런지를 몰라. 밥, 무슨 말인지 알겠니? 이 콘테스트는 우리를 축하해 주려고 만든 자리야. 그런데 정작 우리는 혼란스러워하고 있다고. 우리는 함께 뭉쳐야 해. 서로 손을 꽉 잡고서 이렇게 말해 줘야 한다고. '정말 고마워! 네가 그 빌어먹을 정물화를 또 그리지 않아서 말이야.' 정말 고마워, 밥. 정말로, 진심으로 고마워. 네가 '열정의 로큰롤' 대신에, 뭐랄까? 그 미친 것 같은 연주를 해 줘서. 그런데 있잖아, 내가 아까 손을 꽉 잡아야 한다고 말한 것에 한 마디 더 보탠다면……. 나는 여자들 손을 막 만지고 그러는 놈은 아니야. 네 손가락에서 불타는 열정이 제아무리 느껴진다 해도 절대 손을 대진 않을 거야. 알았지? 와우, 종합 감기약 한 알 먹었을 뿐인데 효과가 어마어마하네?"

그 애는 자못 정중하게 미소를 지었다. 그러고는 내 어깨를 손으로 톡톡 치더니, 내 자리에 가서 앉으라는 눈짓을 보냈다.

어쨌든 나는 내 마음을 전했다고 생각했다. 그래서 내 자리로 돌아갔다. 이제 내가 할 수 있는 건 꿈을 꾸는 일뿐이었다.

드디어 콘서트가 끝났다. 그다음은 정말이지 악몽이 따로 없었다. 환영 만찬이 열렸다. 사람들은 떼를 지어 이리저리 돌아다녔다. 내 배에서는 경련이 심하게 일어났다. 두통 역시 격렬했다. 열이 펄펄 끓었다. 이러다가 금방이라도 의식을 잃고 쓰러지는 건 아닌지 내심 걱정스러웠다.

기다란 탁자에는 뷔페 음식이 차려져 있었다. 나는 발을 질질 끌며 걷다가 기둥에 등을 기대고 섰다.

셜리는 다른 부브와 같이 있었다.

"아담 코스텔로! 나야, 셜리. 얘는 다니엘. 내 아이야. 나는 내 싹덩어리들한테 전부 인간의 이름을 지어 주거든. 인간의 이름은 참 귀여운 것 같아."

나는 몸을 앞뒤로 흔들었다. 신음 소리를 참느라 대답을 할 수가 없었다. 그러자 셜리가 말을 이었다.

"자, 드디어 여기까지 왔네! 오늘은 너에게 영광스런 밤이 될 거야! 그래, 그동안 어떻게 지냈니?"

셜리의 몸에서 싹 덩어리들이 움직일 때마다 딸깍딸깍 소리가 났다.

"아파요, 열도 높고……. 정말 많이 아파요. 셜리, 저를 진료실에 데려다줄래요? 그리고 가능하다면 치료비도 좀 내주고요. 당신한테는 그게 그리 큰돈이 아닐 거예요. 제 병은 음식을 먹으면 생지옥에 빠지게 되는 건데……, 셜리……."

셜리는 내 말을 듣더니 뒤로 한 걸음 슬쩍 물러났다.

"미안하구나."

"저도 이런 부탁을 하고 싶진 않았어요. 가짜 데이트 방송으로 부브한테 소송만 걸리지 않았어도. 앞으로 돈이 엄청 많이 들 거예요. 우리는 이 곤경에서 절대 벗어나지 못할 것 같아요. 게다가 우리 집은 지금 물에 잠겨 있어서……."

"정말 미안하지만……."

"아, 알아요. 이상하게 들린다는 거 안다고요. 하지만 셜리, 그 치료비는 부브에게 조금도 큰돈이 아니에요. 미국 달러와 부브 화폐 츠츠 사이에는 어마어마한 간극이 있잖아요. 당신에겐 그 치료비가 엄청 싸게 느껴질 거예요. 거듭 말하지만 우리가 쓰는 화폐 사이의 간극은 우리가 사는 세상 사이의 간극보다 더 크다고요. 지구에서 부브의 돈은 너무 강력해서 모든 물질을 빨아들이죠. 한

마디로 블랙홀 같은 거예요. 아시겠어요? 셜리, 분수대라 생각하고서 저한테 동전 하나만 던져 줘도 금세 병이 다 나을 거예요. 아, 참! 다니엘, 만나서 반가워요. 근데 무슨 일을 하세요? 아니, 저기요……."

하지만 그들은 이미 저만치로 떠나고 없었다. 셜리는 내가 통역기를 부착하고 있다는 사실을 전혀 개의치 않았다. 다니엘에게 하는 말이 고스란히 다 들렸다.

"다니엘, 미안하구나. 인간이 구걸할 땐 참 난감해."

나는 그들이 기어가는 모습을 물끄러미 지켜보았다. 그들은 군중 속으로 빠르게 사라졌다. 부브들은 언제나 바닥과 가까이 있었으니까. 그들은 그렇게 기어가다가 체크무늬 셔츠와 가죽 재킷을 입은 한 무리의 관심 종자들에게 가로막혔다. 그 무리는 로큰롤과 컨트리 음악을 섞은 '로커빌리'에 취해 있었다.

나는 화장실로 달려갔다. 변기에 오랫동안 앉아 있으면서 숨을 내쉬려고 애썼다. 그리고 내가 우리 집 화장실에서 실제로 종합감기약을 먹었는지, 아니면 헌터 형의 제모약을 들이켰는지 헷갈리기 시작했다.

한참 뒤에야 변기에서 일어났다. 배 속에는 아무것도 남아 있지 않았다. 세면대 앞에 멈춰 섰다. 조금이나마 열을 떨어뜨리려고 얼굴에 찬물을 끼얹었다. 셔츠에도 끼얹었다. 그 바람에 가슴 부위가 물에 흠뻑 젖었다. 그러자 어느 정도 진정이 되었다. 다시 군중 속으로 들어갔다. 카나페, 해산물, 스테이크……. 보기만 해도 속이 울렁거리면서 거북해졌다.

그러다 로베르트 슈만을 가만히 바라보았다. 그 애가 가까이 다가오더니, 아기 당근을 가득 담은 일회용 접시를 내게 건넸다.

"슈만이구나. 아깐 미안했어."

"네가 아담 코스텔로라고 했니?"

그 애가 이렇게 물으며 한쪽 벽을 손으로 가리켰다. 거기에는 내 그림들이 걸려 있었다. 나는 고개를 끄덕였다. 그 애는 그냥 "좋은데?"라고 말했다. 하지만 그건 그 뜻 그대로일 수도 있었고, "좋은데?" 이상의 의미가 담겼을 수도 있었다.

그 애가 갑자기 고개를 숙였다. 어쩌면 수줍음을 타서 그랬을지도……. 아니면 내 셔츠가 물에 젖어 있어서 그럴 수도 있을 듯했다. 내 넥타이는 축 늘어져 있었고, 셔츠 자락은 볼썽사납게 밖으로 삐져나와 있었으니까.

"밥, 내가 설명해야 할 게 있어. 꼭 해명해야 하는……."

나는 숨을 깊이 들이마셨다. 내게 둘도 없는 기회였다.

"내가 아까 열이 40도 넘게 오른다고 했잖아. 그거 섭씨로 이해

한 거 맞지? 혹시라도 다르게 이해하면 안 될 것 같아서…….”

“내 이름은 루시야. 나중에 네 체온이 37도 밑으로 떨어지면 좀 더 길게 이야기를 나눠 보자.”

“섭씨로 말이지?”

“그래, 섭씨로. 화씨 말고.”

“그래, 지금 나는 열이 너무 많이 나고 있어. 지옥의 불구덩이처럼 펄펄 끓고 있지. 우후!”

나는 손으로 부채질을 했다.

그때 방송에서 지직지직 긁는 소리가 울려 퍼졌다. 심사 위원들이 미술과 음악 콘테스트의 우승자를 발표하려 하고 있었다.

“있잖아, 루시 밥. 나는 너한테 한 표 던질게. 정말 멋졌거든.”

“고마워.”

“대단한 연주였어. 네가 우승해야 해, 진짜로.”

루시는 짧게 미소 지은 뒤 곧장 뒤돌아서 걸어갔다.

“밥, 나한테도 행운을 빌어 줘야지.”

나는 얼른 루시의 등에 대고 속삭였다. 루시가 잠깐 몸을 돌린 뒤 내 눈을 똑바로 쳐다보았다.

“운이 함께하기를.”

그러고는 얄짤없이 군중 속으로 섞여 들어갔다.

"뭐, 나쁘지 않아. 행운인지 불운인지, 좀 애매하긴 하지만……. 다 잘될 거야."

이윽고 발표가 시작되었다. 이제 곧 부브 사회자가 우승자들을 호명할 것이다. 먼저 개회사가 흘러나왔다. 홀 안에 울리는 지직지직 긁는 소리가 통역되어 내 이어폰에서 들리는 동안, 나는 손가락을 비비 꼬며 행운을 빌었다. 사람들은 짐짓 발을 질질 끌며 걷거나 플라스틱 포크로 일회용 접시를 박박 긁어 댔다. 당연히 그런 소리들은 부브어 통역에 방해가 되었다. 정말이지 말도 안 되는 문장들이 이어폰에서 흘러나왔다.

"…… 지금까지 당신네 종족은 예술을 통해 하늘에 오르기를 항상 희망했습니다. 그리고 이제 선택된 몇 명은 그렇게 될 것입니다. 투쟁으로 별에 오르자! 우리 부브는 인간의 희망을 오랫동안 존중해 왔습니다. 심지어 그게 어리석게 보이거나……."

나는 더 이상 듣고 있을 수가 없었다. 그래서 얼굴에다 물을 더 끼얹기 위해 화장실로 뛰어갔다. 거울 속에 비친 나의 모습은 흡사 시체처럼 보였다. 얼굴이 거의 푸르스름했는데, 눈 주변에는 다크서클까지 있었다. 세면대가 너무 고급스러워서 차마 물을 받아 마실 수가 없었다.

다시 밖으로 나왔다. 부브들은 아직도 연설을 이어 가고 있었다. 앞서 나온 부브가 계속해서 다른 부브를 소개했다.

"……의 도움이 없었다면 할 수 없었을 겁니다."

"……에게 감사의 인사를 전하고 싶습니다."

"……스티치 추출 주식회사의 부사장님이 여기 와 계십니다. 앞에 나오셔서 한 말씀 해 주시지요."

"……행성 간 예술에 대한 부브 공동 번영 동맹 협의회의 호의적인 지지로……."

나는 바닥에 스르르 주저앉았다.

"……오늘 밤에 제가 여기서 인간의 젊은 싹 덩어리들을 만나 보면서……."

"……열세 개가 넘는 항성을 선회하면서 보게 된 것은……."

"……엄청난 희망, 제가 원하는 게 바로 그것입니다."

나는 문득 궁금해졌다. 지금 여기 드러누우면 실례가 되려나?

그때 박수 소리가 힘차게 들렸다. 인간들이 치는 박수 소리였다. 누군가가 호명되고 있었다. 음악 콘테스트의 우승자들이었다. 그중에 루시 밥 슈만은 없었다. 사실 그 애가 우승할 가능성은 거의 없어 보였다.

최종으로 우승한 밴드의 모습이 잘 보이지 않았다. 사실 그 애들이 무슨 노래를 불렀는지도 기억나지 않았다. 그런데 부브의 설명을 듣자 하니, 그 밴드는 아이러니한 반전이 있는 인간의 전통적인 코미디 노래 〈눈도 하나, 뿔도 하나, 날아다니는 보라색 식인 외계인〉을 불렀다고 한다. 다른 세계에 보내는 노래가 〈날아다니는 보라색 식인 외계인〉이라니!

"나는 짧~은 반바지가 좋~아."

이것이 우주에 보내는 우리의 메시지였다.

박수가 또다시 터졌다. 심사 위원들의 머리 위쪽으로 미술 작품이 떠올랐다. 심사 위원들은 군중보다 높은 곳에 앉아 있었지만 내 눈에는 하나도 보이지 않았다. 아마도 내가 바닥에 누워 있어서 그런 것 같았다. 이제 심사 위원들이 3등을 발표하고 있었다.

"…… 지구의 젊은 인간 예술가를 위한……."

나는 비틀거리며 일어나 무릎으로 바닥을 짚었다. 사람들이 모두 열광했다. 정물화였다. 구겨진 식탁보 위에 놓인 조개들……. 괜찮아, 그 남자애한텐 잘된 일이니까. 아니, 여자앤가? 아무튼 누구든지. 나는 진심으로 박수를 쳐 주었다.

2등.

"자, 오늘 밤 시상식은 아주 흥미진진하군요."

나는 눈을 계속 뜨고 있을 수가 없었다. 또 박수 소리가 들려왔다. 이번에도 정물화였다. 허공에 거대한 입체 그림이 떠 있었다.

반쯤 베어 먹은 자두였다. 나무로 만든 멕시코 오악사카의 자칼 인형을 꼭 끌어안은 아이가 무대 위로 올라가고 있었다. 제법 귀여운 인상의 그 아이는 기쁨에 겨워 울음을 터뜨렸다. 그래, 좋아. 너도 그 상을 받을 만해. 뭔가 사연이 있어 보이니까.

"이제 최종 우승자를……."

나는 이제 정말 화장실에 가야 했다. 배 속이 우르릉거리며 요동을 쳤다.

"……아담 코스텔로, 이 앞으로 나와 주시기 바랍니다."

나는 믿을 수가 없었다. 아담 코스텔로! 바로 나였다. 박수 소리가 쏟아졌다. 내 주변에서도 박수 소리가 울려 퍼졌다. 허공에 내 풍경화 중 한 점이 떠 있었다.

연설? 앞에 나가서 연설을 해야 하는 거라면 어떡하지? 나는 재빨리 학교에서 배운 연설문 쓰는 법을 머릿속에 떠올렸다. 불행하게도, 그 영어 작문 수업은 담당 선생님 없이 부브 기술로 진행되었다. 그래서 우리가 다섯 단락의 연설문을 쓸 수 있는지 없는지는 그 수업 시간에 그리 중요하지 않았다. 박수 소리가 조금씩 잦아들었다.

막상 수상이 현실로 다가오자, 나는 완전히 압도당하고 말았다. 머리가 어지러웠다. 정말로 믿기지가 않았다. 이제 우리 가족은 필요한 것을 얻게 되리라. 다 끝났다. 빚도 사라지겠지. 엄마가 얼마나 자랑스러워할까? 연설만 하면, 그러니까 그 짧은 연설만 하면 그들은 내게 봉투를 건넬 것이다.

나는 온 힘을 다해 용기를 끌어 모은 뒤, 약간의 눈물을 흘리며 내 자리에서 연설을 하기 시작했다.

"사전에서는 '정물화'를 어떤 물건이나 과일을 그린 그림이라고 정의합니다. 하지만 우리는 이따금 정물화를 보고서 이렇게 생각하지 않나요? '어이, 이봐! 이게 정물화야? 응, 맞아?' 제가 무슨 말을 하는지 이해할 수 없다면……. 신사 숙녀 여러분, 제가 지금 하는 말을 잘 기억해 두세요. 바로 오늘 밤, 제 체온이 40도가 넘어가는 이 순간에 말이죠. 섭씨로요. 이걸 화씨로 바꾸면……. 아니, 이것 보세요. 이 대제국의 땅딸막한 건설자들은 우리가 국제 단위인 미터법을 따르는 것조차 맘대로 하지 못하게 하네요. 어때요? 여러분, 제 말이 맞죠?"

내가 기대한 환호성은 없었다. 사실, 어떤 움직임도 없는 것 같았다. 나는 계속 말을 이었다.

"신사 숙녀 여러분, 저는 오늘 밤에 왜 여기까지 왔을까요? 지구 대기층을 저 아래에 두고서 말이죠. 저는 섭씨를 화씨로 바꾸려고 여기 온 게 아닙니다. 그건 미국 달러를 부브 화폐 츠츠로 바꾸는 것만큼 어렵거든요. 섭씨와 화씨 사이의 간극은 행성들 사이의 간극보다 훨씬 더 크기 때문이지요. 그리고 사물들 사이에 존재하는 공기의 특성을 살펴보는 건 아주 중요합니다. 환율을 살필 때도 마찬가지죠. 우리는 그걸 매일 확인합니다. 왜냐하면 월급은 달러로 받지만, 소비는 부브 화폐로 해야 하니까요.

신사 숙녀 여러분, 돈은 그냥 돈입니다. 왜냐하면 우리가 그걸 돈이라고 부르니까요. 그런데 거기에 어떤 가치가 있다고, 달러나 파운드, 엔, 원, 츠츠처럼 돈마다 다른 가치가 있다고 하지요. 우리는 돈에 가치가 있다고 연기를 하는 거예요. 우리는 그 대본을 다 알고 있어요. 내 몽상가 친구 녀석들이 그러는 것처럼, 우리는 사랑도 연기를 합니다. 사랑에 빠지면 어떻게 보여야 하는지 잘 알고 있기 때문이지요. 그래서 우리는 서로에게 사랑을 연기하면서도 진짜라고 믿습니다.

그리고 여기 계신 분은, 선생님이신가요? 아니면 여사님? 아무튼 오늘 밤 기름져 보인다고 말해도 될까요? 아, 아니에요, 이미 싹 덩어리 열두 개를 틔울 만큼 충분히 기름지시네요. 그리고 그걸 화씨로 바꾼다면, 싹 열두 개에다 32를 더하고, 거기다가 1.8을 곱한 다음……. 아니, 12에다 1.8을 곱하고서 거기다가 32를 더하면……. 어때요? 여러분, 제 말이 맞죠?"

점점 더 확실해지기 시작했다. 아무도 내 말을 듣고 있지 않았다. 그건 내가 이 자리에서 꼼짝도 하지 않았기 때문일 것이다. 그렇게 나는 군중 속에 우두커니 서 있었다. 내 통역기에선 더 이상 아무 소리도 나지 않았다.

그때 부브가 방송으로 내가 어디 있는지는 모르겠지만 큰 빚을 졌다고 말했다.

"여기요!"

나는 한 손을 번쩍 들어 올리며 말을 이었다.

"저, 여기 있으니 설명해 보세요!"

심사 위원이 말했다.

"왜냐하면 이 그림, 그러니까 이 아담 코스텔로의 풍경화 속에서 아주 놀라운 작품을 발견했기 때문입니다. 이제 발표하겠습니다. 오늘 밤 우승자는 바로, 버디 기입니다."

나는 손을 스르르 내렸다. 좀 혼란스러웠다. 버디 기라고?

"우리는 단순한 풍경화에 불과한 아담 코스텔로의 그림에서, 놀랍고 강력하고 원초적인 힘을 보여 주는 버디 기의 작품을 발견했습니다. 버디가 크리스마스를 준비하기 위해서 조각한, 이 믿을 수 없는 작품을 찾아냈습니다."

내 그림 영상이 점점 희미해졌다. 대신 그 자리에 대충 깎아 만든 성모 마리아와 아기가 3차원 입체 영상으로 떠올랐다. 그 고요하고 거룩한 밤에 성모 마리아가 포대기에 싸서 무릎에 올려놓은 아기의 얼굴은 코끼리 모양을 하고 있었다.

나는 옆에 서 있는 사람을 쿡쿡 찌르며 낮은 목소리로 말했다.

"실례합니다. 제가 열이 40도 넘게 올라서 그런지 모르겠지만, 섭씨로 말이죠. 저건 예수님과 힌두교의 가네쉬를 섞어 놓은 것 아닌가요?"

그 남자는 내게 조용히 하라며 쉿! 하는 시늉을 냈다. 허, 거참. 이 남자가 내 질문에 대답하지 않을 것은 분명해 보였다. 심사 위원이 말을 이었다. 버디의 멋진 조각품에 담긴 것은 부모와 자식 간의 사랑이며, 그것을 부브만큼 잘 이해할 수 있는 종족은 없다고 했다. 그러면서 그런 사랑보다 더 중요한 것은 이 세상에 더 이상 없다나? 버디의 조각상은 인류의 오래된 신화 중 하나인 성모 마리아의 이야기를 기록한 것이며, 성모 마리아는 부브처럼 싹을 틔워 자손을 번식한 유일한 인간이라고 소개했다.

심사 위원은 우리가 알아야 할 이야기를 계속 들려주었다. 마리아는 여관에 자리가 없어서 아기를 구유에 뉘었는데, 요셉이 달려와 그걸 보고선 화를 버럭 냈다나? 왜냐하면 이 아기의 아빠가 누구인지 몰랐기 때문이다. 그래서 요셉은 아기의 머리를 댕강 잘라

버렸다. 요셉은 곧 자신의 행동을 후회했고, 곧장 정글로 가서 첫 번째로 만나는 동물의 머리를 가져와 아기의 목 위에 올려놓겠다고 약속했다.

그 후 요셉은 황폐한 지역을 돌아다니며 먹을 것을 찾아 헤맸다. 그때 하느님의 천사인 로가 내려오자 환한 빛이 요셉의 주위를 감쌌다. 천사가 말했다.

"두려워하지 말라."

그리고 덤불에 상아가 걸려 옴짝달싹 못 하는 코끼리 한 마리가…….

"아, 정말, 너무하네."

나도 모르게 이렇게 중얼거렸다.

이윽고 버디 기가 관중 앞에 나타나자 부브 심사 위원들이 미친 듯이 열광했다. 그러면서 버디가 얼마나 진정한 예술가인지를 앞다투어 칭송했다. 버디는 인간의 영적인 가치를 잘 알고 그것의 본질을 제대로 전달한 예술가라며 한껏 치켜세웠다. 그리고 앞서 소개한 성모 마리아와 아기 조각상을 모든 기업의 회의실에 설치할 거라고 했다. 당장 이곳부터 시작해 인간에게는 오직 숫자로만 알려진 행성에까지 전부 다.

기운이 쑥 빠졌다. 나는 우승하지 못했다. 우리의 마지막 희망이 사라졌다. 빚이 나한테 또다시 들러붙었다. 가짜 사랑 놀음으로 부브에게 갚아야 할 빚, 도저히 갚을 수 없는 빚 수천 달러가! 게다가 부브 병원의 진료비도 있었다. 그것 역시 내 양쪽 어깨에 찐득하게 들러붙어 있었다.

순간, 불빛이 번쩍였다. 그리고 몸에서 구역질이 확 일었다. 마치 부브의 에너지 정제 우주선이 에너지를 확 빨아들이는 것처럼. 나는 바닥에 주저앉으며 옆에 있는 남자를 꽉 붙잡았다. 그 남자는 나를 한 대 치려다가 내가 기절하는 걸 보았다.

점점 불안해지기 시작했다. 나는 바닥에 드러누워 있었다. 루시밥의 걱정스런 얼굴이 보였다. 두 눈을 질끈 감았다. 그렇게 하자 좀 편안해졌다. 귓가에서 시익시익 하는 소리가 들렸다. 그건 부브 소리일 수도 있고, 내가 쓰러져서 헛소리가 들린 것일 수도 있을 터였다.

누군가가 나를 끌어당겼다. 그렇지만 나는 그냥 가만히 누워 있고 싶었다. 인간과 부브의 소리가 뒤섞여서 들렸다. 나는 바퀴 달린 들것으로 옮겨졌다. 불빛이 너무 강렬했다. 그건 순식간에 사라졌다. 그래, 부브는 어두한 걸 좋아하지.

"…… 인간의 표준 체온보다 높고, 효소 활동이 위험 수준……."

누군가가 내 몸에서 통역기를 떼어 냈다. 나는 더 이상 그들의 지익지익 긁는 소리를 이해할 수 없었다. 이어서 엄청난 압박이 느껴졌다.

"입에다 하지 마요. 안 돼, 하지 마……."

내 입에 뭔가가 강제로 물렸다. 가만히 있는 게 더 안전할 것 같았다. 불빛이 또 나타났다. 그건 내 눈꺼풀 위에서 환하게 빛났다. 결국, 나는 정신을 잃었다.

시간이 얼마나 흘렀을까? 정신이 돌아왔을 때, 나는 콘크리트 바닥에 앉아 있었다. 주변을 둘러보니, 부브 거주 지역에서 나오는 불빛이 밝게 빛나고 있었다. 정말이지 너무 추웠다. 등이 터진 병원용 환자복만 입고 있어서 더 그랬을 것이다. 내 옆에 놓인 비닐봉지에는 내 재킷과 바지, 셔츠, 넥타이, 격자무늬 사각팬티, 그리고 그 비꼬기 좋아하는 릴 킴 티셔츠가 곱게 접혀 있었다. 나는 똥을 쌌던 게 어렴풋이 기억났다. 대부분 물이긴 했지만.

부브 거주 지역에서 우주 왕복선이 이륙하는 게 보였다. 그래, 내가 얻은 건 아무것도 없을지도 몰라. 하지만 적어도 부브들이 내 옷을 세탁하도록 만들기는 했지.

나는 자리에서 일어났다. 온몸이 쑤셨다. 맨발로 비틀거리며 집으로 걸어갔다. 몇 발자국을 힘들게 걷다가 또다시 바닥에 주저앉았다. 비닐봉지에서 내 신발을 꺼냈다. 그걸 신은 뒤 다시 일어나 걸어갔다.

어느 정도 시간이 흐르자, 아까 입었던 옷이 비닐봉지 안에 들어 있다는 사실이 퍼뜩 떠올랐다. 걸음을 멈추고 그 옷을 하나씩 걸쳐 입었다.

나는 온몸이 꽁꽁 언 채로 별 아래 작은 마을의 골목을 걷고 있었다. 저 멀리, 부브의 에너지 정제 우주선에서 나오는 불빛들이 앞뒤로 흔들렸다. 북쪽에서 흘러나오는 그 신비한 빛들은 우리의 사업 파트너인 부브들과 우리 마을을 찾아오는 손님들에게 갖가지 도움을 주었다. 내 머리 위의 하늘은 고대의 성인들처럼 그윽하게 빛나고 있었다.

나는 이상한 꿈을 꾸었다. 그리고 잠에서 깼을 때, 내 방에는 해가 환하게 비쳐 들고 있었다. 꽤 오랫동안 잠에 빠져 있었다. 나는 침대에서 일어나 앉았다.

그러고 보니 열이 떨어져 있었다. 의식도 혼미하지 않았다. 빛이 창문으로 들어와 바닥에 환히 쏟아지고 있었다. 나는 두 팔을 내뻗어 기지개를 쭉 켰다. 숨을 깊이 들이마셨다. 몇 주 만에 처음으로 머리가 맑아진 느낌이 들었다. 드디어 눈의 초점이 맞춰졌다. 귀에서 윙윙거리는 소리도 들리지 않았다.

내가 쓰러졌을 때 응급실에 있던 부브 의사가 내 병을 치료한 모양이었다. 기억이 희미하긴 하지만, 경련을 일으켰던 듯했다. 그래서 열을 내리려고 나한테 뭔가를 맞힌 게 분명했다. 혹시 메릭병을 치료하는 약이었을까? 에이, 그것까지 기대하기에는 좀 무리가 있었다.

나는 바닥으로 내려섰다. 휘청거리지 않고 똑바로 서 있었다. 제자리에서 몇 번 뛰었다. 여전히 괜찮았다. 조금도 어지럽지 않았다. 나는 엄마에게 이 좋은 소식을 전하려고 복도를 달려 부엌으로 갔다.

어제 나는 40도가 넘는 열로 끙끙대면서도 집을 몰래 빠져나갔다가 저녁 늦게야 들어왔다. 엄마가 화가 나서 고래고래 소리를 질렀다. 이기적이라느니, 미쳤다느니, 잔인하다느니 하면서 내게 비난을 마구 퍼부었다. 그러다가 엄마는 두 손으로 얼굴을 감싼 채 한참 동안 흐느껴 울었다. 나는 〈탈륨 견 2세 : 암살범의 칼날〉의 결말이 어땠는지 물어보았다. 엄마는 내 입을 한 대 치고 싶은 걸 간신히 참는 눈치였다.

하지만 지금 나는 건강을 완전히 되찾았다. 건강도, 아이디어도 넘쳐흘렀다. 나는 부엌으로 미끄러지듯 들어갔다.

"엄마! 저, 다 나았어요! 열도 떨어졌고요! 부브가 제 병을 치료해 줬나 봐요!"

엄마는 식탁 앞에 앉아 컴퓨터 화면을 멍하니 바라보고 있었다. 내 목소리를 듣고선 고개를 천천히 들어 위협적인 눈빛으로 노려보았다. 일본 괴담에 등장하는 유령이 원수를 만났을 때 바로 저런 눈빛을 하지 않을까 싶었다. 보아하니 엄마는 어젯밤의 말다툼으로 아직 앙금이 가시지 않은 듯했다.

엄마가 화난 목소리로 물었다.

"대체 무슨 소리야?"

"제가 밖에 나가 있었을 때, 부브들이 저한테 주사를 맞힌 게 분명해요. 아니면 저를 치료 장치에 집어넣었거나. 아무튼 뭔가를 했나 봐요. 병이 없어진 것 같거든요."

"진짜야?"

엄마가 조심스럽게 물었다.

"그리고 저한테 아이디어가 하나 떠올랐어요. 자고 있을 때 말이죠."

"분명 좋은 아이디어겠지? 네가 깨어 있을 때 떠오르는 거랑 비슷한 거라면."

엄마가 내 옆으로 와서 손등으로 내 이마를 짚었다.

"열이 내렸구나. 정말 기적이야."

"기적 아니에요. 부브가 치료해 줘서 그런 거라고요. 네티를 데려올게요. 제 아이디어를 들으면 완전 흥분할걸요?"

나는 네티의 방문을 똑똑 두드렸다.

"네티, 네티, 네티! 이제 다 해결됐어."

네티가 밖으로 나오며 물었다.

"뭐야, 진짜로 우승한 거야?"

"아니! 떨어졌어. 그래서 이 놀라운 아이디어를 떠올리게 된 거지. 자, 이리 와 봐."

우리는 부엌의 식탁에 모여 앉았다. 나는 아이디어를 얼른 말하고 싶어서 입이 근질거렸다.

"지난 몇 년 동안 우리 가족의 문제는 과연 무엇이었을까요?"

엄마가 대답했다.

"몇 가지가 있지."

"쉿, 잠깐만요! 제가 말할게요. 문제는 우리가 계속 이기려 했다는 거예요. 그러고선 매번 승리는 결코 우리 편이 아니라는 사실을 확인하고 놀랐죠. 저는 어젯밤에 열이 40도 넘게 오른 채로 군중 속에 서 있으면서 한 가지 사실을 깨달았어요. 지금 우리가 앞으로 나아갈 수 있는 비결은 바로 지는 거예요. 아직 충분히 지지 않았다는 거, 그게 바로 우리의 진짜 문제라고요."

"좋은 아이디어가 아닌 것 같은데?"

네티가 시큰둥한 목소리로 되물었다.

"그렇지 않아! 우리 집은 지금 물에 잠겼어. 여기는 일자리도 없고. 게다가 부브는 내가 가짜 데이트 방송을 했다면서 엄청난 금액을 배상하라는 소송을 걸었지. 우리는 다시 시작해야 해. 이 집을, 이 마을을 어서 떠나야 해. 그리고 아무것도 없는 상태에서 다시 시작하는 거야. 왜냐하면 마이너스보다는 제로가 더 나으니까."

엄마와 네티가 나를 빤히 쳐다보았다. 마치 내가 제정신이 아니라는 듯이.

"저는 그 군중 속에 우두커니 서 있었어요, 패배자가 된 채로. 그러다 문득 깨달았죠. 패배자한테 관심을 기울이는 사람은 아무도 없다는 걸요. 패배자는 뭐든 할 수 있어요. 사람들은 다른 곳을 보고 있거든요. 우승자한테만 관심을 기울이죠. 그러니까 그 경주에서 빠지는 거예요. 슬그머니 사라져 버리는 거죠. 다른 곳으로 가서 이름을 바꾼다면……, 우리는 충분히 다시 시작할 수 있어요."

"정말 기운이 넘쳐 보이는구나. 부브가 메릭병도 치료해 준 것 같니? 아님 그냥 열만?"

"엄마, 이제 그런 건 상관없어요! 왜냐하면 말이죠, 제가 아직도 메릭병을 앓고 있다면 그냥 병원에 가서 부브 치료를 받으면 되니까요."

"그러려면 돈이 많이……."

"청구서는 여기로 보내라고 하죠, 뭐. 알 게 뭐예요? 우리는 떠날 텐데. 이 집은 더 이상 우리 집이 아니라고요. 청구서는 엄마의 옛날 이메일로 오겠죠. 아니면 이 집의 우편함으로. 그리고 그 우편물은 계속 여기에 있을 거예요. 우리는 콜로라도주나 다른 곳 어딘가에 있겠죠. 거기서 저는 그림을 팔 거고 엄마는……. 글쎄요, 저도 잘 모르겠네요. 그냥 엄마가 하고 싶은 걸 하세요!"

"말도 안 되는 환상이야."

"엄마, 이 집 대출금을 신청할 때 누구 이름으로 하셨죠?"

"너희 아빠."

"그러니까 우리가 사라지면……?"

엄마와 네티는 그제야 이 아이디어에 대해 진지하게 생각하기 시작했다. 내 설득이 먹힌 것 같았다.

오후가 되자 나는 코트를 입고 밖에 나가 앉았다. 기온이 영상 10도 정도 되었다. 모든 게 녹고 있었다. 나는 마지막이 될 수 있는 이 집을 캔버스에다 찬찬히 그렸다. 지붕널과 널빤지가 반씩 남아 있는 이 집을.

헌터 형이 창문을 열고 나를 빤히 쳐다보았다. 심술쟁이 거인, 트롤 같았다. 나는 내 그림에다 헌터 형도 그려 넣었다. 그러자 헌터 형이 짜증을 부렸다. 나는 그것도 즐겼다. 어쨌든 이건 우리 가족의 집이었다, 적어도 지금까지는.

그림을 그린 지 사십오 분쯤 지나자 클로이가 집에 돌아왔다. 버디와 데이트를 막 마치고 들어오는 것 같았다. 클로이는 이마에 붙인 부브 연결 장치를 떼어 낸 뒤 머리를 살랑살랑 흔들었다. 보아하니 부브와 새로운 계약을 맺은 게 분명했다.

"날씨가 좋네."

내가 말했다. 때로는 긍정적인 말이 최선의 공격이 되기도 하는 법이니까.

"봄 향기가 서서히 올라오는 것 같아. 이제 겨울도 다 갔네."

그러자 클로이가 작정하고 나를 비웃었다. 손가락으로 나를 쿡쿡 찌르며 말을 이었다.

"버디가 이겼어. 네가 출전한 그 예술 콘테스트에서 말이야. 너는 네가 대단하다고 생각했지? 그런데 버디가 너를 완전히 깔아뭉갰지 뭐야."

"홈통 물받이로 흐르는 물이 참 깨끗하네."

"버디는 그 애의 조각품들을 전 은하계에 팔 거라고."

"이런 날은 네 기분도 참 좋을 거야. 마치 백만 달러를 손에 쥔 것처럼 말이지."

나는 일부러 과장해서 무척 만족한다는 듯 숨을 내쉬었다.

"그래, 버디는 진짜로 백만 달러를 손에 쥐게 될 거야."

나는 몸을 돌려 클로이를 진지하게 바라보았다. 내가 지금 그리고 있는 이 그림에 클로이를 넣을지 말지 고민이 되었다. 그런데 좀 이상했다. 클로이는 여전히 예뻤지만, 뭔가 그 전하고는 좀 달라 보였다.

그저 그랬다. 내가 왜 저 애한테 그토록 끌렸는지 이해할 수가 없었다. 나는 왜 그렇게 저 애의 입술에 키스를 하고 싶어 했을까? 저 애와 손깍지를 끼고 싶어서 그토록 안달했던 게 무척 이상하게 느껴졌다.

클로이는 내게 조금도 특별하지 않았다. 지금은 나 역시 클로이한테 특별하지 않았다. 나는 우리 가족이 살았던 집의 마지막 초상화에 클로이를 그려 넣지 않기로 했다. 우리는 이미 서로에게 아무런 존재가 아니었다.

내 몸은 벌써 이곳을 떠난 것만 같았다. 마치 여행용 가방과 배낭에다 내 중요한 물건들을 이미 다 꾸린 것만 같았다. 그래서 비가 부슬부슬 내리는 밤에 네티와 엄마와 함께 도망치고 있는 것만 같았다.

우리가 지금껏 살았던 유일한 집을 떠나면서 네티가 장난꾸러기처럼 키득거리며 웃는 것만 같았다. 마치 우리 가족이 이미 버스에 몸을 실은 것만 같았다. 그래서 네티가 내 팔에 머리를 기댄 채 내 옷 소매에 침을 흘리며 자고 있는 것만 같았다.

이 집은 이미 텅 빈 것만 같았다. 그래서 화가 난 마쉬 아저씨네 가족이 저기에 쪼그리고 앉아서, 이 상황을 어떻게 받아들여야 할지 몰라 몹시 당황스러워하고 있는 것만 같았다. 그러면서 은행이 이 집을 압류하고 그들을 쫓아낼 때까지 막연하게 기다리고 있는 것만 같았다. 나는 이미 새로운 장소에서 새로운 지평선을 향해 나아가고 있는 것만 같았다.

"아담, 너는 네가 정말 대단하다고 생각하지? 하지만 그렇지 않아. 너는 아무것도 아니라고."

클로이가 말했다. 나는 예의 바르게 웃으며 지적했다.

"아니야, 클로이. 나는 아무것도 아닌 것보다 더 아래에 있어. 나는 대단한 사람이 되지 않을 거야. 열심히 일하지도 않을 거고."

나는 클로이가 서 있는 자리에 어리는 그림자도 그리지 않았다.

세상 가장 낮은 곳에서

여기는 우리가 버스에서 내린 곳이다. 엄마는 어느 온천 마을에서 손님의 시중 드는 일을 하고 있다. 그 온천 마을은 부자들이 좋아하는 곳으로, 실제 사람이 앞치마를 두르고서 초콜릿 파이를 대접하며 '님'이라고 부르는 곳이다.

네티는 가을부터 이곳에서 고등학교를 다닐 것이다. 나는 고등학교를 졸업하려면 몇 달 더 기다려야 한다. 지금은 포트폴리오에 넣을 풍경화를 그리고 있다. 부자들의 집을 그려 주고 돈을 벌 생각이다.

"자, 이것 보세요. 구름이 돌고래처럼 점잖은 날, 애슈빌에 떠 있는 당신의 집이랍니다."

나는 그들을 위해 초상화도 그릴 것이다.

우리 아파트는 그리 크지 않았다. 네티와 나는 방을 같이 써야 했기 때문에 나무 바닥에 매트리스를 두 개 깔았다. 방이 하나밖에 없어서 엄마는 거실의 소파에서 잤다.

"괜찮아."

엄마가 쾌활하게 말했다.

"일하느라고 자정이 훨씬 넘어서야 집에 들어오니까. 우리는 큰 집이 필요 없어. 이렇게 작고 경제적인 집에서 살 수 있어서 정말 다행이야."

네티와 나는 아침에 새끼 고양이처럼 살금살금 돌아다녔다. 엄마를 깨우지 않으려고. 우리는 밖에 나갈 때도 문을 조용조용 닫았다.

우리가 옛 삶을 놔두고 떠나기 직전, 루시와 짧게 연락을 했다. 지금도 계속 연락을 주고받고 있다. 나는 루시에게 우리 집이 물에 잠겼다고 말했다. 그러자 그 애는 바다에 둘러싸인 대성당을 상상하며 연주한 피아노곡을 녹음해서 내게 보내 주었다. 그 연주곡은 어둡고 우울했는데, 시종일관 아련한 종소리가 들렸다.

나는 공공 도서관에서 루시에게 전화를 걸었다. 우리 아파트에는 아직 그런 걸 연결할 여유가 없었다. 아무것도 없는 상태에서 뭔가를 이뤄 나가는 데는 시간이 꽤 많이 필요했다.

"루시, 안녕."

"안녕, 아담."

"더 이상은 아담이 아니야."

"그럼 가명을 지었어야지."

"으음, 너는 지금 나의 이런 상황을 일종의 빨간 깃발이라고 생각하는구나?"

"네가 다른 주로 달아난 뒤에는……."

"있잖아, 루시. 빨간 깃발을 많이 갖고 있는 사람은 그냥 그걸 흔들면서 신호를 보내는 것뿐이야. 그게 꼭 위험 신호는 아니라고."

산들이 줄기줄기 이어져 산맥을 이루고 있었다. 산과 산 사이의 공기는 무겁고 우울했다. 다른 행성에서 온 우주선들이 속속 도착했다. 그런데 그 우주선들이 하늘에 그리는 신용과 소비의 선들을 쭉 그어 보니, 그건 마치 상업의 별자리 같았다.

늦은 저녁, 우리는 현관문 앞에 앉아 곤충의 울음소리를 들었다. 그 소리는 기진맥진해서 넋이 다 나간 우리 지구의 초조함과 비슷했다. 지구 궤도의 우주 정거장에서 나오는 불빛이 희미하게 깜박였다.

예전에는 우리와 미래 사이에 상당한 거리가 있다고 생각했다.

그리고 지금, 우리는 여기 이곳에서 그 사이를 천천히 통과하고 있었다.

네티가 한쪽 눈을 감더니 손가락 총을 만들었다. 하늘에 떠 있는 부자와 부브에게 총을 쏘는 것 같았다. 앞으로 상황이 더 좋아질 수도 있고 더 나빠질 수도 있다. 하지만 지금 당장은, 현관 앞에 앉아서 가만히 기다리고 있을 뿐이다.

우리는 아주 작은 존재이다. 우리 모두를 집어삼킨 이 변화된 상황을 조사하면서, 우리 자신의 삶은 포기한 채 더 높은 곳으로 가기 위해 여러 가지를 준비하고, 그러면서 또 기적을 바라는 아주 작은 존재…….

조작된 세계

첫판 1쇄 펴낸날 2020년 10월 12일
3쇄 펴낸날 2021년 7월 12일

지은이 M. T. 앤더슨 **옮긴이** 이계순
펴낸이 박창희
편집 김수진 이민주 **디자인** 권은숙
마케팅 이상민 강이서 **회계** 양여진

펴낸곳 (주)라임
출판등록 2013년 8월 8일 제 406-2013-000091호
주소 경기도 파주시 심학산로 10, 우편번호 10881
전화 031) 955-9020, 9021 **팩스** 031) 955-9022
이메일 lime@limebook.co.kr **인스타그램** @lime_pub

ISBN 979-11-89208-56-1 44840
979-11-951893-0-4 (세트)

* 이 책에 쓰인 아이콘은 프리픽(Freepik)에서 제공받았습니다.
* 잘못된 책은 구입하신 서점에서 바꾸어 드립니다.
* 본서의 반품 기한은 2026년 7월 31일까지입니다.